JUMP j BOOKS

約束《やくそく》のネバーランド

THE PROMISED NEVERLAND

～戦友《せんゆう》たちのレコード～

原作《げんさく》 白井《しらい》カイウ　作画《さくが》 出水《でみず》ぽすか　小説《しょうせつ》 七緒《ななお》

登《とう》場《じょう》人《じん》物《ぶつ》紹《しょう》介《かい》

GF《グレイス=フィールド》ハウスの子供達《こどもたち》

2年《ねん》以内《いない》にGF《グレイス=フィールド》ハウスに囚《とら》われている
全《すべ》ての子供達《こどもたち》の解放《かいほう》を目指《めざ》す。

レイ

GF《グレイス=フィールド》ハウスの子供達《こどもたち》の中《なか》で唯一《ゆいいつ》ノーマンと渡《わた》り合《あ》える知恵者《ちえしゃ》

エマ

抜群《ばつぐん》の運動神経《うんどうしんけい》と学習能力《がくしゅうのうりょく》を兼《か》ね備《そな》えたムードメーカー

ノーマン

優《すぐ》れた分析力《ぶんせきりょく》と判断《はんだん》力《りょく》をもつGF《グレイス=フィールド》ハウスで一番《いちばん》の天才《てんさい》

GP《ゴールディ・ポンド》の人々《ひとびと》

戯《たわむ》れに人狩《ひとか》りを繰《く》り返《かえ》すGP《ゴールディ・ポンド》の鬼達《おにたち》の殲滅《せんめつ》を進《すす》める。

ザック

ソーニャ

オリバー

ルーカス

ヴァイオレット

ナイジェル

ポーラ

サンディ

アダム

テオ

ペペ

ジリアン

???

旅《たび》する鬼《おに》。信仰《しんこう》する宗教《しゅうきょう》により農園育《のうえんそだ》ちの人間《にんげん》を食《た》べる事《こと》を禁《きん》じられている。

ムジカ

ソンジュ

GB《グローリー＝ベル》からの脱走者《だっそうしゃ》

ユウゴ

高級農園《こうきゅうのうえん》GB《グローリー＝ベル》を脱走《だっそう》した唯一《ゆいいつ》と思《おも》われた生《い》き残《のこ》り

GP《ゴールディ・ポンド》の鬼達《おにたち》

レウウィス大公《たいこう》

人間《にんげん》との命《いのち》を懸《か》けた戦《たたか》いを切望《せつぼう》するGP《ゴールディ・ポンド》最大《さいだい》の敵《てき》

バイヨン卿《きょう》

GP内《ゴールディ・ポンドない》で秘密《ひみつ》の人狩《ひとか》りを主催《しゅさい》する貴族鬼《きぞくおに》

王家《おうけ》

多《おお》くの臣下《しんか》を従《したが》える鬼《おに》の世界《せかい》の王《おう》。

レグラヴァリマ

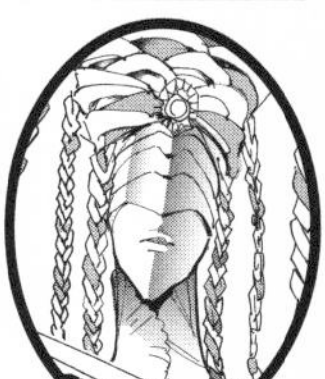

あらすじ

自分達《じぶんたち》が鬼《おに》の食糧《しょくりょう》として育《そだ》てられていた事《こと》を知《し》ったエマは、生《い》き残《のこ》る為《ため》に14人《にん》の仲間《なかま》と共《とも》に孤児院《こじいん》・GF《グレイス＝フィールド》ハウスを脱獄《だつごく》する。そして安全《あんぜん》なシェルターで暮《く》らすオジサンに遭遇《そうぐう》した子供達《こどもたち》は彼《かれ》の力《ちから》を見込《みこ》んでガイドを頼《たの》み、エマとレイをミネルヴァからの手紙《てがみ》に記《しる》されたGP《ゴールディ・ポンド》へと送《おく》り出《だ》した。だがエマは鬼《おに》に攫《さら》われ、2人《り》を残《のこ》しGP内《ゴールディ・ポンドない》へ。そこで彼女《かのじょ》は人《ひと》を狩《か》る鬼《おに》の掃討《そうとう》を目指《めざ》し結束《けっそく》する人間達《にんげんたち》と出会《であ》う。更《さら》に案内《あんない》された秘密《ひみつ》の部屋《へや》で、持《も》っていたミネルヴァのペンを使《つか》って様々《さまざま》な情報《じょうほう》を手《て》に入《い》れた。それを発端《ほったん》に長《なが》い時間《じかん》をかけ準備《じゅんび》されていた人間達《にんげんたち》によるGP《ゴールディ・ポンド》での反乱《はんらん》が開始《かいし》され…!?

約束《やくそく》のネバーランド

THE PROMISED NEVERLAND

～戦友《せんゆう》たちのレコード～

二《ふた》つの道《みち》

いつの間にかフクロウの鳴き声は聞こえなくなっていた。

レイは疲れ切った体を木の幹にもたせかける。暗い森は気づけば、薄青い闇《やみ》に包まれていた。木々の間から空の色が透けて見える。

もうすぐ夜が明けるのだ。

「油断するなよ」

そばからかけられた声に、レイは睨《にら》むように視線を持ち上げる。

視線の先には、コート姿で、武骨な狙撃銃を背負ったシルエットがあった。名前を明かさないままの同行者。

シェルターで出会ったこの謎の〝オジサン〟とともに、エマと自分はウィリアム・ミネルヴァが示す〝安住の先〟を目指していた。

『A08-63 ゴールディ・ポンド』

この場所に、人間の世界へ行く手がかりがあるのか。ミネルヴァはいるのか。

手紙に残されたこの座標にたどり着くのが、旅の目的だった。

荒野を抜け、森に入った。野良鬼《のらおに》に襲撃され、死にそうになりながらも倒し――そして、エマがさらわれた。

「くそ……」

レイは粗《あら》い木の幹を拳《こぶし》で打った。

何度目かの悪態《あくたい》をつく少年を、ユウゴは横目で確認する。会ってからずっと斜《しゃ》に構えていたその表情は、今は焦《あせ》りを取《と》り繕《つくろ》う余裕もない。

（…………）

かつて、自分も同じ顔をしていた。

いやきっと、もっとひどい顔をしていたはずだ。絶望の中、同じこの道を、敗走した。

――一人きりで。

ユウゴはコートの内側、サイズの合わないベストを握《にぎ》り締《し》める。握る手にはめられたのは、片方だけの革《かわ》手袋だ。

封じ込めておきたい悪夢の記憶が蘇《よみがえ》る。ユウゴは吐き気を抑《おさ》え、前を向いた。

「……行くぞ」

ユウゴは呻《うめ》くように呟《つぶや》き、動き出した。震えを、奥歯を噛《か》んで殺す。体がこの先に進むことを拒絶している。

Ａ08－63へ。

それは〝密猟者〟や〝狩猟場〟に対する恐怖ではない。この先に進めば必ず、兄弟達を犠牲にした過去と向き合うことになる。ユウゴは何度も繰り返してきた言葉を、胸の内で呟く。

（俺のせいだ）

十三年前、ゴールディ・ポンドを目指そうと言い出したのは、自分だった。

ハウスを脱獄した自分達になら、叶《かな》えられないことはないと思っていた。ウィリアム・ミネルヴァの残した手がかりを頼りに、人間の世界にたどり着く。全員で協力すれば、誰も死なずに、勝利を手にできると思っていた。

ユウゴは、揺れる枝の葉音に、懐《なつ》かしい声が重なるのを聞いた。

『みんな、準備できたか？』

『このシェルターとも、今日《きょう》でお別れだね』

旅立ちの日のやりとりは、耳にこびりついて離れない。

万全の荷造りをして、シェルターを出立《しゅったつ》した。どの顔にも、ミネルヴァを見つけ出し、人間の世界へ行くのだという決意と希望が満ちていた。

（ああ……そうだ）

ユウゴはゴールディ・ポンドへ続く森の道を進む。

もし、あの日に戻れるなら、自分はこの道を選びはしなかった。

『みんな仲良く、楽しいお茶会を』

旅立ちの会話は、柔らかな少女の声で締めくくられる。クッキーに書き添えられた手紙は、十三年間、そのままだった。

新しい脱獄者が、やってくるその日まで。

（はは……最期《さいご》の〝お茶会〟のつもりだったんだけどな）

まさか食っちまうとは。空《から》になったクッキー缶を前にし、ユウゴは拳銃を握り一人思いつめていたのが馬鹿馬鹿しくなった。あの出会いから今日までずっと、新しい脱獄者達の、予想外の行動に振り回され続けてきた。大事なシェルターを〝人質〟に脅《おど》され、案内役《ガイド》を押しつけられ……。シェルターの中を賑《にぎ》やかに駆け回る足音と声が蘇る。ユウゴは胸中で呆《あき》れた後、表情を引き締めた。

（死ぬなよ）

さらわれていった少女へ、ユウゴは声には出さず呼びかける。

そして背後をついてくる、険《けわ》しい眼光の少年を、肩越しに振り返る。

自分の家族はもう戻らない。だからこそ、もう誰にも、同じ道を歩《あゆ》ませたくなかった。

(は……今さら、都合が良すぎるな……)

自分はこの旅の途中で、この二人に、絶望を味わわせようとしていたのに。

ユウゴは視線を前へ戻すと、自嘲《じちょう》する。

新しい脱走者達の姿は、そのままあの頃の自分達に重なった。希望に満ちて、どんな困難が待ち受けているとしても、望む未来を手に入れてみせると瞳を輝かせていた。

かつて自分達GB《グローリー＝ベル》のメンバーは、たどり着いたあのシェルターを拠点に、人間の世界を目指すための準備を始めた。

旅のための狩りを覚え、武器の扱《あつか》い方を身に着けた。保存食を作り、新しい衣服も用意した。準備は協力し合って順調に進められていたが、シェルターを出る日が近づけば近づくほど、誰もが緊張感を抱《いだ》いた。外へ出れば、再び農園の追手に追われるかもしれない。野良鬼だって油断はできない。人間の世界へ——その手がかりがある『A08-63』へ行くとみな決意していたが、不安も当然あった。

そんな、ある日だ。

『お茶会しましょう』

そう言って、保存食のクッキー缶を持ってきたのは、ダイナだった。クッキーやビスケットは、保存期間の長いものが多く、もしもの時のために取っておこうと決めていた。だからそれを食べようと提案したダイナに、自分も他の兄弟達も驚いた。

『えっ！』

『だってそれ保存用でしょう？』

『いいの？』

口々に理由を問う兄弟に、ダイナは笑って言った。

『毎日穴蔵《あなぐら》生活じゃ気が滅入《めい》るもの』

テーブルの上に置き、缶の蓋《ふた》を開《あ》ける。ぱかん、と軽い音の後、食堂に甘い香りが漂った。

中にはぎっしり、愛らしい形のクッキーが詰められていた。

『一日の最後に、みんなでちょっぴり贅沢《ぜいたく》するの』

その提案で、その日から夕食の後には、紅茶とクッキーがテーブルに並ぶようになった。

不思議だった。

ユウゴは今思い出しても、あの時間が自分達に与えていたものの大きさに、驚く。

生きていくことや、人間の世界を目指すことに比《くら》べれば、そんなちょっとした息抜きみたいなことは、特別重要なことではないと思っていた。

けれど一枚のクッキーと一杯の紅茶だけ、それだけのことで、久しぶりに全員の顔が和《なご》やかになった。安全に、確実に、毎日を生きていくことが最優先の暮らしは、笑っていても、心のどこかには張りつめたものがあった。それは、真実を知ってハウスを出てから、思えばずっと、そうだった。

『ハウスのお茶会、思い出すよな』

クッキーをかじって、ぽつりと呟いたのはニコラスだった。

『……楽しかったよね』

年下のジョンが相槌《あいづち》を打つ。

あの時、ユウゴも同じことを思っていた。必死に逃げ出してきた場所だったけれど、思い出はどれも明るく、優しい。それを思い出せたのも、このクッキーと、紅茶で満たされたティーカップだった。

〝お茶会〟は、自分達にとって特別な行事だった。

そうなったのは、あの出来事からだった。封じてきた思い出が、香りを帯《お》びた湯気のように漂い出す。

ユウゴは暗い森を歩きながら、まだハウスにいた頃の記憶をたどる。

始まりは、一冊の本だった。

＊　＊　＊

時計の針が真上を指すと、大きな鐘《かね》の音《ね》が鳴り出した。

その鐘の音はよく響き、森に囲まれた、この小さな集落のどこにいても聞くことができた。ここＧＢ《グローリー＝ベル》は、数えるほどの建物がこぢんまりと並んだ、小さな〝村〟だった。

午後の遊びの時間がやってきて、兄弟達はみな元気良く外へ出ていった。よく晴れていて、草の香りが爽《さわ》やかだ。

ユウゴもまた、靴紐《くつひも》を結び直し、晴れた庭へ出ていこうとしていた。

「ユウゴ」

背後から声をかけたのは、黒いドレスにエプロンをつけた、ママだった。

「テストのごほうび、何がいいかしら？」

「えっ、あー、そうだなぁ」

問われて、ユウゴは視線を上げる。

毎日行う、学校代わりのテストは、一か月続けて満点《フルスコア》を取れたら、ごほうびがもらえることになっていた。成績のいいユウゴでも意外と難しく、先月はあともう少しというところで、一点落として悔《くや》しい思いをした。

ユウゴはしゃがんだまま、思案する。

「うーん……」

ぱっと思いつくものがなかった。オモチャが欲しい年でもなくなってしまったし、本は図書館にたくさんある。今はこれと言って、思い浮かぶものがなかった。

すでに庭へ出ている兄弟達に、「ユウゴー！」と急《せ》かすように呼ばれて、関心はそちらへ向いた。

「考えとく！」

紐をきゅっと結《ゆ》わえて立ち上がると、ユウゴは笑って返した。

「わかったわ」

肩をすくめてママは答え、駆け出ていく背を玄関の中から見送った。

庭に出ると、青空から降り注ぐ日差しが、きらりと芝生《しばふ》の緑に光った。白い服の兄弟達が、木のそばに集まっている。

「ユウゴ、遅《おせ》ぇよ！」

「なぁ、またチーム分けして鬼ごっこやろうぜ！」

「あ、ユウゴとルーカスは別チームだからね！」

「わかったって」

ユウゴは声を揃《そろ》える兄弟達に、笑い返す。

この前の鬼ごっこでは、ユウゴとルーカス二人だけが鬼になるというチーム編成をしたのに、あっという間に全員を捕まえて圧勝してしまったのだ。

そこで、ユウゴも周《まわ》りの兄弟も、肝心《かんじん》のルーカスの姿が見えないことに気づいた。

「あれ？　ルーカスは？」

きょろきょろと庭を見回して、一人が指さす。

「あ、いた」

花壇のそば、妹の手を引いてルーカスは、輪になっている兄弟達に加わっていた。

その輪の中に、ユウゴはダイナの姿を見つける。明るい髪色に、お気に入りのカチューシャが似合っている。

まっすぐな長い髪を、耳にかける仕草をユウゴは見つめる。

「おーいルーカス！」

「何してんのー？」

駆け寄っていく兄弟達の後を、ユウゴもはっと我に返って追いかけた。

名前を呼ばれて、ルーカスが顔を上げた。ユウゴと同い年の少年は、赤みの強い褐色《かっしょく》の髪を短く切り、意志の強そうな目元をしている。兄弟の姿を見つけて、その目が人懐《ひとなつ》っこい笑《え》みに変わった。

「ダイナが、図書館で綺麗《きれい》な本を見つけたんだよ」

「見て、これ」

ダイナは膝《ひざ》の上に置いた、大判の本を持ち上げた。革張《かわば》りの、装丁も凝《こ》った本だが、目を引くのは中身の色鮮《いろあざ》やかな挿絵《さしえ》だ。

「わぁ、可愛《かわい》いね！」

「素敵な絵だねぇ」

弟妹達が、うっとりとページを眺《なが》める。

大判のその本には、お茶会の挿絵がいくつも描かれていた。テーブルに並べられた色とりどりのケーキやクッキー、揃いのカップやソーサー、ポットなどのティーセットが並べられている。

「こういうお茶会、ハウスでもやってみたいね」

ページをめくり、ダイナが憧《あこが》れを込めて呟いた。

そばにいたニコラスが、腕を組んで考える。

「うーん、紅茶はあるけど……こういうお菓子は用意するの難しいかな？」

「パンとかならあるよ」

「えー、それじゃ可愛くないよ！」

絵本を指さして口々に意見を言う兄弟達の姿に、ダイナは楽しそうに笑う。

「ふふ、何か工夫しないとね」

ニコラスがスケッチブックを取り出し、幼い弟妹達が挙《あ》げるお菓子のアイディアを絵に描き始めた。

鬼ごっこをするはずだった兄弟達も一緒になって絵本を見ていたが、そこでやっと当初の目的を思い出した。

「あっ、そうだ忘れてた！　ルーカス、鬼ごっこやろうぜ！」

「そうだった、自由時間なくなっちゃう」

「いいよ、わかった」

ルーカスはその場を離れ、鬼ごっこ遊びのメンバーに加わった。チーム分けを相談していたジョンが、ぼんやり立ったままのユウゴを呼ぶ。

「ほら、ユウゴも行こうよ！」

「ああ、うん」

弟に名前を呼ばれて、ユウゴは我に返って走り出す。森の方へ走りながら、ユウゴはぽつりと呟く。

「お茶会、か……」

テーブルを彩《いろど》る、たくさんのクッキーの挿絵が、ユウゴの中に残った。


夕食の準備前、ユウゴは周りに他の兄弟がいないのを見計らって、ママへ声をかけた。

「あのさ、ママ」

気づいたママは、振り返る。廊下で、壁に新しい絵を貼っているところだった。さっそく、昼間ニコラスが描いていたお菓子の絵が、貼られていた。弟妹達に飾っておいてほしいとねだられたのだろう。独創的なケーキや、不思議な形をしたカップの絵が並ぶ。

「あら何、ユウゴ」

「俺、クッキーがいいな」

「？　クッキー？」

「テストのごほうび」

意外なリクエストに、ママはわずかに首を傾けた。

「クッキーでいいの？」

ユウゴは大きく頷《うなず》いた。それから、歯を見せて笑う。

「うん。みんなで食べられるくらい、いっぱい入ってるデカい缶のやつ」

付け足された注文に、ママはその意図《いと》を汲《く》んで微笑《ほほえ》んだ。

「そう。わかりました」

「みんなには内緒にしててね」

ユウゴはいたずらっぽく笑って、廊下を駆け去った。


その夜、自分の部屋のベッドへ戻ってからも、ユウゴは自分の思いついた計画にずっとわくわくしていた。

（びっくりするだろうな）

布団《ふとん》の中、届いたクッキーをみんなに見せる瞬間を想像する。ハウスにはない、珍しいクッキー達をたくさん並べたテーブルは、まさにあの〝お茶会〟の挿絵を再現している。

「へへっ」

ユウゴは、笑いを漏《も》らして、寝返りを打った。

翌朝、起床の鐘が鳴ると、ユウゴはいつものように年少組の身支度《みじたく》を手伝い、食堂のある建物へ走っていく。

自分の計画を、一番の親友にだけは打ち明けようと思っていた。

（驚くだろうな）

なんだかんだ言っても、兄弟の誰より、ルーカスをあっと言わせるのが一番、張り合いがあり胸がすくのだ。それにダイナがやってみたいと言った〝お茶会〟を完成させるには、ルーカスの手も借りたい。誰かの誕生日や里親が決まった日のお祝いは、いつもルーカスと協力して成功させてきたのだ。

ユウゴは廊下を駆け、食堂の中へ向かって呼びかけた。

「おーい、ルーカス！」

食堂に入った瞬間、自分の声にかぶさるように、兄弟の声が飛び込んできた。

「わぁ！ ルーカスすごい！」

「こんなの、どこにあったの⁉」

それに続いたのは、ダイナの声だった。

「絵本そっくり！」

朝食の準備の途中、中央のテーブルに兄弟達が集まっていた。ちょっとした人だかりになっている中心に、ルーカスがいた。

「物置で前に、見つけたことがあって。ずっと忘れてたんだけど」

ルーカスは笑って答えた。その手元は、ユウゴの位置からではよく見えない。

ユウゴは首を傾《かし》げ、その輪の中へ入っていった。

「みんな、何見てんの？」

「あ、ユウゴも見てみろよ！」

「ルーカスが見つけてきたの、すごいぞ！」

ニコラスがテーブルの上を示す。

そこに広げられているものを見て、ユウゴは固まった。

「あ……」

そこには、本の中にあったものとそっくりな、ティーセットが置かれていた。揃いのカップやポットが、古い木箱の中から取り出され、並べられている。

「これ……」

言葉を失っているユウゴに、ルーカスが笑いかけた。

「ほら、前に雨の日に、ハウスの中で隠れんぼしたことあっただろ？　その時に偶然、見つけてさ」

へぇ、そうだったのか、とユウゴは普段通りの口調で、返したつもりだった。だが言葉はうまく声にならなかった。

「ルーカス、すごいね。ありがとう」

その声にユウゴは視線を上げる。

ダイナは、綺麗な柄《がら》の描かれたカップを手に持ち、嬉《うれ》しそうに笑った。

（…………）

ユウゴが何か言うより前に、やってきたママが全員を見渡して告げた。

「ほらみんな、朝ご飯が遅くなってしまいますよ」

ママから声をかけられ、再び賑やかに、朝食の準備は再開された。ティーセットは箱へ戻され、食堂の棚にしまわれた。

「あれ、そう言えばユウゴ、呼んでた？」

ルーカスは先ほど、食堂に入ってきた親友に名前を呼ばれたことを思い出した。ユウゴはその顔を見た後、ふいっと視線をそらした。

「別に……」

朝食の席について、ユウゴは皿にのったパンやベーコンを頬張《ほおば》る。昨日《きのう》の夜まで、あんなに浮き立っていた気持ちがしぼんで、食事はどれも味気なく感じられた。

ちらと斜め向かいを見れば、ダイナの視線は、食堂の棚に置かれた、ティーセットへ向いていた。

GB《グローリー＝ベル》の広場に暖かな日差しが降り注ぐ。気持ちのいい風が渡り、兄弟達がボールを蹴《け》って遊んでいる。

その光景を、ユウゴは木にもたれて眺めていた。

いつもなら率先《そっせん》して遊びに加わるが、今日はそんな気分になれなかった。離れた場所から届く笑い声を聞きながら、靴先で木の根を踏む。

「なんだよ、クッキーとか……」

あのティーセットを見た後では、自分が頼んだものが、ひどく幼稚でつまらないものに思えた。驚いて、みんなが——ダイナが、喜ぶだろうと思ったのに。

お茶会をしたいと言ったダイナはきっと、ああいう揃いの、美しい食器に憧れていたのだ。それを読めなかったことが、ますますユウゴを悔しくさせた。

「ユウゴ」

そのタイミングで、今は聞きたくない声が背後からかけられた。

もたれていた木の後ろから、ルーカスが顔を覗《のぞ》かせる。隣に並んで、いつものように話し始めた。

「なぁ、ダイナが言ってたお茶会だけどさ、今度食堂を飾りつけして」

楽しげに話しかけるルーカスを、ユウゴは遮《さえぎ》った。

「……別に、俺は興味ないし」

ユウゴはもたれていた幹から背を離し、その場から歩き去った。

「えっ、ユウゴ？」

驚いたように目を丸めた後、ルーカスはどうして友人が不機嫌《ふきげん》なのかわからず頭を掻《か》いた。

「なんだよ……」

ユウゴは後ろからかけられた言葉を、決まり悪い気持ちで、無視した。


ユウゴは行く当てもないまま、森の中へ入っていく。

自分の行動が幼稚だと頭でわかっていても、素直にルーカスの手柄《てがら》を認められなかった。

あのダイナの『すごい』は、自分に向けられるはずだったのに、とどうしても思ってしまう。今さらクッキーが届いたところできっとティーセットを超える感激は得られない。

先を越された、自分の上を行かれてしまったのが、悔しい。

きっとこれが、他の兄姉だったら、こんなにささくれだった感情にはならなかっただろう。

ルーカスは、物心ついた頃から、一番仲が良く、気が合って、だからこそ誰よりも負けたくない相手だった。

ルーカスは自分にないものを持っていると感じていた。

優しく家族思いで、いつも弟や妹達に囲まれていた。穏《おだ》やかで冷静で、周りのことを一番見ているのは、ルーカスだ。だからきっと、ダイナの欲しいものにも気づけたのだろう。

「はぁ……」

こんなくだらないことで、むきになっている自分自身のことが、ユウゴはますます嫌《いや》になった。別にこだわる必要なんてない。ただのお茶会だ。

早く戻って、いつもみたいに振る舞おう。そう思っていたのに結局、ユウゴは自由時間の終わりを知らせる鐘が鳴るまで、森の中で一人で過ごしてしまった。

木々の間から、夕日が長く差し込んでくる。

いつもなら遊び疲れた充足感で戻る家までの道を、ユウゴは足取り重く歩いていった。

ハウスの屋根が見えてくる。すでに戻ってきていた兄弟達が、一人帰ってくるユウゴに気づき、不思議そうに声をかけた。

「あ、ユウゴ」

「どこ行ってたんだよ、探してたんだぞ」

口々に言う兄弟達に、ユウゴは誤魔化《ごまか》すように笑った。

「あー、ちょっと一人でやりたいことあってさ」

言いながら、目線はそれとなくルーカスの様子《ようす》を探った。

ルーカスの方は、気まずそうな雰囲気は一切なく、弟妹達と笑い合っている。

（なんだよ……）

あんな態度を取ってしまったのだから、てっきり気にしていると思ったのに、ルーカスはいつも通りで拍子抜《ひょうしぬ》けした。

だからユウゴも、ルーカスに自分から言葉をかけるタイミングを失ってしまった。

夕食の時には、普通に話しかけよう、寝る前には……と、そんなふうに先延ばしにしているうちに、その日はルーカスと喋《しゃべ》らずに、消灯時間になっていた。

暗い部屋の天井を睨みながら、ユウゴは考える。

（あいつ……なんか、隠してるな）

自分の態度に怒っているわけではないはずだ。表情はいつもと変わらない。なのに、話しかけるきっかけを作ろうとすると、別の誰かと別の会話を始めてしまう。目を合わせようとせず、理由はわからないが、避けられている気がした。

（ダイナにも、それとなく聞いてみるか……）

ほとんど無意識にそう頭の中で呟いて、ユウゴは自分に悪態をついて寝返りを打った。

（あぁ～っ、じゃなくて！）

こじれているのはダイナへの気持ちがきっかけなのに。幼い頃から染《し》みついた癖は直らない。

小さな頃から、自分がルーカスとケンカをしていると、仲裁《ちゅうさい》に入ってくれるのはいつだって、ダイナだった。

自分もルーカスも頑固な性格だ。正しいと思ったこと、間違っていると思ったことに対して、簡単には意見を変えない性分《しょうぶん》だった。けれど、ダイナに言われると不思議と二人とも素直になれた。他の誰に言われても従えないと思うくらい、互いに腹を立てていても。

ダイナがいなかったら、自分達は今のように仲良くなっていなかっただろう。ユウゴは最近ますますそう思う。ダイナは、中心になって何かをするタイプではない。けれど彼女が遊びの輪に加わっているだけで、みんな和やかになった。

そういうところが、いいなと思ったのだ。

「はぁ……」

ユウゴは溜息《ためいき》をついて、きつく目を閉じた。

(明日《あした》には……明日には、ちゃんといつもみたいに、話せるようにしよう)

胸の内に念じて、枕に顔を埋《うず》めた。

それなのに、翌日も、ルーカスとまともに話せないままだった。

ケンカして口をきかなかったことは今までもあったが、こんなに長い間話さなかったのは初めてかもしれない。

やはり意図的に避けられている気がした。自分が先にそっけなく振る舞ってしまった分、ユウゴも何となく自分から気軽に話しかけられずにいた。話しかけないでいるとますます、最初の一言を口にするきっかけを失ってしまう。

ユウゴが廊下の壁にもたれて、小さく溜息をついた時だった。

「ユウゴ」

ママに名前を呼ばれて、ユウゴは振り向く。

「今日にはごほうび、届きますからね」

クッキーのことだと、ユウゴは後《おく》れて気づいた。

「ああ……うん」

笑顔の少ないその反応に、ママは怪訝《けげん》とした表情を浮かべるが、問《と》い質《ただ》すことはしなかった。ユウゴはママの立ち去った後、はぁと小さく息を吐き出す。今はもう、クッキーなんて届かなければいいのにとさえ、思っていた。

午後、その日は朝から曇天《どんてん》で、昼過ぎには雨が降り出していた。天気が、ユウゴの感情を一層鬱屈《うっくつ》とさせた。

本を読み聞かせてほしいと弟妹に手を引かれて、自由時間は図書館へ連れてこられていた。

「ユウゴ！　これ読んで！」

「こっちが先」

大きな本を抱《かか》えたエリカとマイクに、ユウゴは笑いかける。

「わかったわかった。順番に、全部読んでやるから」

ページをめくり、ユウゴは気持ちを切り替えるように、つとめて明るい声で朗読した。

外が薄暗いせいだろうか。そばで読み聞かせを聞いていた二人が、うとうとと眠り始めた。肩にもたれられながら、ユウゴは起こさないように本を閉じ、苦笑する。

「お昼寝になっちゃったな」

幸《さいわ》い、図書館には大きなソファがある。ユウゴは眠った弟を背負い、とろんとした顔の妹の手を引いて、ソファまで運んでやった。

絵本の棚の前へ戻り、出したままだった本を片付けている時、ユウゴはふとあのお茶会の本のことを思い出した。あの本は、まだダイナが持っているのだろうか。

ダイナはどこにいるだろうかとユウゴが図書館の窓から外を見た時だった。

なぜか、食堂のある建物の窓に明かりがつき、大勢の人影が動いていた。

「あれ？　なんで、こんな時間に……」

目を凝らすと、ダイナの姿も見えた。

ユウゴは熟睡しているエリカとマイクを見て、少し考えた後、その場をそっと離れた。

図書館を出て、隣接する建物の入り口へ移動する。中に入って髪の滴《しずく》を払い落とすと、
ユウゴは暗い廊下を進み食堂の扉の前に立った。

中からはやはり兄弟達の楽しげな声が聞こえてくる。

ユウゴは足を向け、誰がいるのかと、そっと扉を開けた。

細く開けられたドアに、中にいる人間は誰も気づかなかった。

食堂には他の兄弟達とともに、ルーカスと、ダイナがいた。

テーブルには、あのルーカスが見つけてきたティーセットが並んでいる。ニコラス達が
布巾《ふきん》を持ってそれを拭《ふ》いているようだった。

「これならきっと……」

「うん。絶対うまくいくよ」

ダイナとルーカスが、楽しそうに何か話しているのを見て、ユウゴはギシリと心が軋《きし》んだ。

＊　＊　＊

風車《ふうしゃ》の軋む微《かす》かな音が、壁を伝って響いていた。

まだ現実感のないまま、エマは自分にあてがわれた部屋へ向かっていた。ボロボロだった旅のコート姿から、今は用意してもらった新しい服に着替えている。

ここは、旅の目的地であるA08－63。ゴールディ・ポンドだ。

想像していなかったかたちで、エマはこの地に連れてこられていた。

ミネルヴァが食用児達のために用意していた場所は、今や鬼達による、密猟場《みつりょうば》――秘密の遊び場となっていた。昼間、エマはその狩りを目の当《まあ》たりにした。今も憤《いきどお》りの感情がふつふつと湧《わ》いていた。

(遊び、なんて――)

無力な食用児達を放ち、いたぶって楽しく狩りをする。エマはペンを握り締め、廊下を歩く。今日を過ごした自分でさえ、こんなに苦しい感情を抱《いだ》いているのに、ここで何年も過ごしてきた子達は、一体どれほどの激情を押し殺してきたのだろうかと思った。

(次の狩りで、この猟場《かりにわ》を終わらせる……)

エマは、ゴールディ・ポンドの仲間達と共有した、その作戦の情報を振り返った。最初の爆発、奇襲。分散させた敵を倒した後、最も手ごわい相手を全員で討《う》ち取《と》る。エマは逸《はや》る胸を押さえた。

離れ離れになってしまったレイとオジサンも心配だったが、二人がここに連れてこられていないということは、密猟者には捕まっていないということだ。野良鬼相手なら二人が負けるわけがない。

一刻も早く二人と合流し、ここで得た情報を伝えたかったが、今はもうこの猟場《かりにわ》から離れられないと、エマは考えていた。助けたテオだけではない、オリバー達——さっき言葉を交《か》わしたナイジェルもジリアンも、このゴールディ・ポンドにいる仲間達みんな、ずっと苦しみを味わわされ続けてきたのだ。それを知った以上、自分はもう無視できない。

次の戦いで必ず、鬼から勝利を奪わなければいけない。

そこでエマは、まだ奥の広間に明かりが灯《とも》っているのに気づいた。誰かいるのだろうかと足を進める。

「……あれ？」

姿が見えるより早く、ふわりと香りが鼻に触れた。

（この香り……）

広間を覗くと、テーブルに置いた金属のカップに、ルーカスがポットからお湯を注《つ》いでいるところだった。杖《つえ》をテーブルに立てかけ、左の隻腕《せきわん》で飲み物を支度していた。

「紅茶？」

エマに気づき、ルーカスは顔を上げ微笑んだ。この猟場《かりにわ》で、唯一《ゆいいつ》の大人で、〝オジサン〟とともにかつてハウスを脱獄した、元食用児だ。その顔面に大きく走る古傷が、細めた目元に合わせて、わずかに動く。

「ああ、君も良かったら」

もう一つ、揃いでないブリキのカップを持ってくると、ルーカスは紅茶を注ごうとする。

片手で握ったポットを傾けると、蓋がぐらついた。左手だけでは蓋を押さえられず、ルーカスはやりにくそうにポットを持ち換えようとする。エマは慌《あわ》ててそばへ寄った。

「あっ、私、注ぐよ」

ルーカスの手から、エマはポットを受け取った。

「ありがとう」

二杯分、注ぐとちょうど中身はなくなった。空になったポットを置き、エマは勧《すす》められた椅子《いす》に腰かけた。

「疲れただろう。起きていて平気か？」

湯気の立つ二つのカップを挟み、ルーカスは尋《たず》ねた。一つをエマの前へ置く。

エマは困ったように笑って言う。

「森の中を旅してた間は、全然眠ってなかったから。なんか体がそれに慣れちゃって……。それに一気に色んなことがわかって、まだドキドキしてる」

「ああ、ほんとだな」

ここへ来てすぐ、ルーカスとともに発見した地下の〝金の池〟で、新たな手がかりを得ていた。〝七つの壁〟、人間の世界へ渡るための方法。そして、ラムダの実験場——。

エマは手元に引き寄せたカップを、両手でくるむと息を吹きかけた。

「ルーカスも……いつもこんなに遅くまで起きてるの？」

立てかけた杖の持ち手に触れ、ルーカスは微苦笑した。

「僕は直接、外の子供達を守ることはできないからね。せめて、力になれることは少しでもしておきたくて」

テーブルには、先ほどまでの作戦資料と一緒に、細かく印や書き込みがされた書籍、ノートが積まれている。銃撃の角度や、爆薬の量などが仔細《しさい》に調べられていた。

邪魔してしまっただろうかと、エマが頭の中で思ったのを読んだように、ルーカスはにこっと笑いかけた。ノートを閉じて重ねると、テーブルの端にずらす。

「でも、今日はせっかくのお客さんだ」

ルーカスは目を細めてその言葉を口に乗せた。

「〝お茶会〟としよう」

「……あ、それ」

エマは、その言葉に聞き覚えがあった。正確には、見覚え、だが。シェルターにあった、クッキーの缶に添えられていた、置手紙だ。

ルーカスは苦笑を浮かべ、使い込まれた金属のカップを口に運んだ。

「とは言っても、ここには綺麗なティーカップもクッキーもないんだけどね」

エマはカップを持ったまま、口を開いた。

「……『みんな仲良く、楽しいお茶会を』？」

エマの呟いた言葉に、ルーカスははっとした。それから穏やかな、けれど寂《さび》しそうな笑みを浮かべた。

「シェルターに、まだあの手紙、残っていたんだね」

エマは頷いた。

「クッキーの缶と一緒に、その言葉が書かれた紙が置かれていて」

それを聞き、ルーカスは目を見開く。そしてすぐに相好《そうごう》を崩《くず》した。

「ははっ、じゃああいつ、ずっと取っておいてたんだな。馬鹿だな……さっさと食べちまえば良かったのに」

「〝お茶会〟って、ルーカス達にとって、きっと何か特別なものだったんだよね？」

エマの言葉を聞いて、ルーカスは視線を向ける。エマは、ルーカスの懐かしむような表情を見て、確信した。

わざわざ手紙にその言葉を入れて、書き残していったのだ。やはりあれは、思い出のたくさん詰まった〝クッキー〟だったのだろう。

敏《さと》い少女に、ルーカスは穏やかに頷く。

「ああ。でもだからこそ、君達の家族があのクッキーを食べてくれたなら嬉しいよ」

ルーカスは目を伏《ふ》せ、湯気を漂わせるカップを見つめる。

「……ダイナも喜ぶ」

囁《ささや》くように口にされた名前に、エマはシェルターの壁に書かれていた名前の一つを思い出す。ルーカスは、ここで生き残ったのは自分だけだと言っていた。

「あ……」

気遣《きづか》うような表情になったエマに気づき、ルーカスは小さく笑うと尋ねた。

「君達のハウスでは、〝お茶会〟はしていた？」

「え？　ううん」

エマは首を振った。ルーカスは紅茶を一口飲むと、懐かしそうに思い返す。

「僕達のハウスでは、何か嬉しいことがあった時には、みんなでお茶会を開いてお祝いしてたんだ」

「へぇ」

エマはその様子を想像して、顔を輝かせた。

「楽しそう！」

ふふ、とルーカスは目を細めて笑う。

「図書館に、一冊の本があってね……」

椅子の背にもたれ、ルーカスは懐かしそうに記憶を手繰《たぐ》り寄《よ》せていった。

＊　＊　＊

お茶会のきっかけは、ダイナが見つけた一冊の絵本だった。

あの図書館にあった古い本には、美しい絵がいくつも載《の》っていた。不思議と今でも、ティーセットの柄まで、はっきりと覚えている。

「ねぇねぇ、ルーカスも見て！」

午後、自由時間になると同時、ルーカスは玄関を出たところで妹に手を引っ張られた。

連れていかれた花壇のそばで、ダイナがその本を開いていた。兄弟達が、そのページを覗き込んでいる。

「お茶会だって！　素敵だよね」

「わぁ、すごいな」

ルーカスも美しいページに引き込まれた。

その時はまだ、素敵な本だ、としか思っていなかった。図書館の本はかなり読んできたつもりだったが、こんな本があったのかと、そのことに驚いた。

まさかこの本からあんな事件が起こるとは、少しも思っていなかった。

「おーいルーカス！」

いつも鬼ごっこをしている兄弟達が、自分を呼びにやってきた。

その中に、ユウゴの姿もあった。ダイナの持っている本を見て、てっきりユウゴも自分のような反応をするかと思ったが、意外にも何も言葉を発さなかった。

ルーカスは不思議に思ったが、すぐに約束していた鬼ごっこ遊びへ加わり、自由時間が終わる頃には〝お茶会〟のことはすっかり忘れていた。


夕方、食堂のある建物の廊下で、ルーカスはユウゴがママと何か話しているのを目撃した。夕食の準備を始めるところだ。呼ぼうとしたところで、ルーカスは肩を叩《たた》かれる。

「ねぇルーカス」

振り返ると、そこに立っていたのはダイナだった。

「あ、ダイナ。どうしたの？」

そこでダイナは、話しているユウゴとママの方を確かめる。少し考えた後、手招きすると、二人から見えない位置まで移動した。

「……みんなで〝お茶会〟、やらない？」

ルーカスはすぐに、ダイナが昼間の本の話をしていると察した。

「あの、絵本の？」

「そう」

ダイナはふふ、と笑って頷いた。

「今日で一か月のテストの結果が出たでしょ？　それでね」

ダイナは声を落として、その〝計画〟を打ち明ける。伝えられた内容に、ルーカスは目を見開いてぱっと笑顔になった。

「へぇ！　それいいな」

でしょ、とダイナは頷き返す。

「もちろん協力するよ」

そう答えた時、ルーカスの脳裏《のうり》にある記憶が蘇った。

「あ……そうだ」

呟いたルーカスに、ダイナは首を傾げた。

「？　どうしたの？　ルーカス？」

きょとんとするダイナに向け、ルーカスはいたずらっぽく笑いかけた。

「うん、大丈夫。ダイナがやりたい〝お茶会〟、絶対うまくいくよ」

ダイナはそれ以上尋ね返すことはせず、笑顔で頷いた。ルーカスがそう言うなら詳《くわ》しく聞き返さなくても間違いないと思えた。

「わかった。ありがとう、ルーカス」


その晩、消灯後の時間にルーカスはそっと部屋を抜け出した。

足音を立てないように、廊下を移動する。

「これは絶対、ユウゴも知らないはず……」

ママが見回りに来ていないのを確かめ、廊下を進み、物置の扉を開ける。中に入ると、こもった匂《にお》いが鼻に触れる。廊下の明かりが差し込むよう、細く扉を開けておく。

「えっと……確かこの辺に……」

いくつも積まれている箱の中から、目的のものを探す。埃《ほこり》に軽く咳《せ》き込《こ》みながら、ルーカスは木箱を見つけた。箱には、色褪《いろあ》せた文字が外に書かれている。

「これだ」

蓋を開け、中身を確認する。中は自分が以前、偶然見つけた時と同じままだった。

そこには、美しいティーセットが収められていた。

ほとんど新品のままで、汚れ一つついていない。昼間、ダイナが見ていた本の挿絵に描かれていたのと、よく似たカップやソーサー、ポットが入っている。

カップを一つ取り出し、ルーカスは薄暗がりの中でその柄を確かめる。

前に、雨で外で遊べない日に隠れんぼをしていて、物置の中でこのティーセットを見つけたのだ。誰にも喋っていないし、ユウゴが自分と同じようにこっそり見つけて黙っているのでなければ、ユウゴもこの存在は知らないはずだった。

「これで、よし……っと」

朝、すぐ持ち出せるように、ルーカスはその箱を物置の手前まで運んでおく。明日ユウゴの驚く顔を想像し、ルーカスは声を漏らして笑った。

「へへ、びっくりするだろうな」

「あら、ルーカス何してるの？」

部屋に戻ろうとしたその時、後ろからママの声が飛んできた。ルーカスはびくっと肩を跳《は》ね上《あ》げる。

「あっ、も、もう寝るよ！」

慌てて部屋に飛び込み、ベッドに潜《もぐ》り込《こ》む。

ドキドキしている心臓が、横になるとゆっくりと落ち着いてくる。ルーカスは、はーっと息を吐き、それからもう一度、かぶった布団の中でくすくす笑った。

（あのティーセット見たら、きっとあいつ、びっくりするだろうな）

いつも、ユウゴには、少しだけ追いつけない場所を走られているような気がしていた。

今月のテストだってそうだ。自分はあと少しのところで、満点を逃《のが》した。点差はわずかなものだったが、今月こそと思っていたので悔しかった。

でも同時に、競い合える相手がいるのは、特別な楽しさがあった。

自分より年上の兄姉はいたが、ユウゴが一番負けたくない相手で、超えたい相手だった。

だからこそ、ダイナがこの〝計画〟を伝えてきた時には、力になりたいと思ったのだ。

ルーカスは、〝お茶会〟の想像をあれこれしているうちに、眠りについていた。

だが、翌日ティーセットを見たユウゴの反応は、ルーカスが思っていたようなものではなかった。

兄弟達はみんな歓声を上げて喜んでいたのに、ユウゴだけは特に感想を告げるでもなく、薄い反応だった。どこか、不機嫌なようでさえあった。

(……〝お茶会〟、ユウゴはやりたくないのかな)

いつもなら、兄弟達が何か企画すれば、真っ先に動いてくれるのに。あの時ダイナが『やってみたいね』と言っていたのは、ユウゴも聞いていたはずだ。反対する理由がない。

ルーカスは思案し、一つの可能性に思《おも》い至《いた》る。

(もしかして、気づかれてる?)

ダイナがやろうとしている〝お茶会〟の目的に、察しのいいユウゴはすでに気づいてしまっているのかもしれない。だからあえて、関心がないふりをしているのかもしれない。

(うーん、そうだったら、マズイな……)

ダイナに、必ず成功すると言ってしまった手前、ルーカスは何か手を打たなければと行動を起こした。

午後の自由時間、ルーカスはユウゴの姿を探した。

晴天の広場には、いつものように賑やかな歓声が響いている。

「こっちこっちー！」

「わっ！　遠くに投げすぎだよ〜！」

ボール遊びをしている兄弟達の中にも、追いかけっこをしている兄弟達の中にも、そのくせのある黒髪は見当たらない。

「あれ……？」

どこか建物の中だろうかと、ルーカスは考える。こんなに天気がいいのに、ユウゴが屋内にいるとは考えにくい。ルーカスは歩きながら視線をさまよわす。

そこでようやく、木の陰《かげ》に人影があるのに気がついた。

（あんなところで、何やってんだろ？）

ルーカスは駆けていき、木にもたれる背に声をかけた。

「ユウゴ」

ぎょっとしたように振り向かれ、てっきり気づいていると思っていたルーカスの方も驚いた。

ルーカスは、できるだけ不自然に思われないよう、いつも通りの口調で話を振った。

「なぁ、ダイナが言ってたお茶会だけどさ、今度食堂を飾りつけして」

いつもなら、自分がこうやって話の水を向ければ、ユウゴは乗り気で参加してくれるはずだと思った。気づいているのかどうか探りを入れるつもりだった。

だがユウゴは、もたれていた幹から黙って背を離した。表情の見えない後ろ姿が、ぼそりと声を漏らす。

「……別に、俺は興味ないし」

それだけ言って、そのまま森の方へ歩いていってしまう。ルーカスは驚いて、呼びかけた。

「えっ、ユウゴ？」

親友は振り向くことなく、そのまま歩いていく。ルーカスは頭を掻いた。

「なんだよ……」

まるで、ケンカをした時のような態度だが、ルーカスには思い当たることがない。

（やっぱり、何か気づいてるのか？）

立ち去る後ろ姿を、ルーカスは後を追うことはせず見送った。


その日の夕食前、食堂に集まった時に、ルーカスはダイナを探して声をかけた。

「ダイナ」

手の中に、あの本を抱えたダイナは、呼んだ相手を見て笑みを浮かべる。

「あ、ルーカス！　お茶会の計画なんだけど、他の子も色々準備してくれてて」

「それなんだけどさ」

ルーカスは周りを見渡すと、声をひそめて告げた。

「……あいつ、気づいてるかも」

「えっ⁉」

ダイナは驚き口を押さえた。だがすぐに、その表情は苦笑に変わった。

「うーん……そっか。ユウゴなら、ありえるかな……」

ダイナは困ったように息を吐いた。

「じゃあ何か、それ以上のサプライズを考えないとね」

ルーカスも頷いた。

「後は当日まで、これ以上気づかれないようにしないと」

「うん。あと二日、か」

頷き合ったところで、ちょうどユウゴが通りかかった。ルーカスは話しかけられる前に、そっとその場を離れた。

二日の間、ルーカスは我ながらうまくユウゴの視線をかわし、行動できたと思えた。

これならユウゴに詳細《しょうさい》を知られずに、準備を進められただろうとルーカスは振り返って満足げに頷く。とは言え、相手はユウゴだ。直前まで油断は禁物だと気を引き締める。

お茶会を予定していたその日は朝から曇天で、昼過ぎには雨が降り出していた。

「あ、雨降ってきたぁ」

「えー、お洗濯できないね」

窓の外を見て、兄弟達が残念そうに肩を落とす。

ルーカスもまた、雨滴《うてき》で濡《ぬ》れた窓ガラスを見つめた。廊下も暗く、どんよりと湿った空気に包まれていた。

(せっかくの〝お茶会〟の日なのにな)

自由時間、ルーカスは食堂前に集まっている兄弟達を見つけ、駆け寄った。

「ユウゴは?」

「エリカとマイクが図書館に連れてってる」

妹と弟の名前を挙げるニコラスに、ルーカスは頷いた。

「じゃあ、今のうちに……」

食堂に入ると棚に仕舞《しま》ってある木箱を取り出した。中からティーセットを取り出し、一つ一つ綺麗に洗っていく。

「うーん、雨だから花を取りに行けないな」

テーブルにはたくさん花も飾ろうと思っていたのだが、さすがにこの雨の中、森まで行くのは難しい。

その時、アニーとウォルターが両手に持てる限り花を抱えてやってきた。

「ねぇルーカス！　花壇のお花、ママに分けてもらってきたよ！」

「マーガレットに、ガーベラに、ほら、バラも少し咲いてたんだよ」

「わっ、すごいな！」

ルーカスも、その場にいた他の兄弟達も喝采《かっさい》する。

「これなら十分、飾りつけできるよ」

さっそく、ジャムの瓶《びん》や小さなボトルを使って、シーツをかけた白いテーブルに花を置いていく。

壁にも、兄弟達で手分けして作った紙の花や絵を貼り、リボンを結びつけていた。いつもの食堂が、どんどん色とりどりに飾りつけられていく。

「できた！　部屋の飾り、間に合った！」

食堂を見渡し、ルーカス達は喜び合った。

ダイナが最後に、紅茶の茶葉が入った缶を取り出し、いつでもポットに入れられるようにする。整った会場に、ルーカスと笑みを交わす。

「ねぇ、これならきっと……」

「うん。絶対うまくいくよ」

その時、思いがけない声が、その場に響いた。

「何の話？」

ルーカスは弾《はじ》かれたように声の方を見る。

扉を開けて、ユウゴが中を見ていた。準備をしていた兄弟達も、ぎくりと固まる。

「あっ、ユウゴ」

止める間もなく、ユウゴは食堂の中へ入ってきて、周りを見渡す。

「これ……なんかやるの？」

尋ねるその表情に、にこやかさはなかった。ルーカスは何かうまくごまかす理由を作ろうと思った。だがユウゴを納得させられるような言葉は、とっさには出てこなかった。ダイナの視線が、自分へ向く。

「えっ、あぁいや」

「何でもないの」

ダイナがそう言った瞬間、ユウゴの双眸《そうぼう》に傷つけられたような感情がよぎった。ルーカスはそれに気づいたが、何か言うより前に、ユウゴの態度から悲しさは消えた。

代わりに、その瞳はルーカスの方を睨んだ。

「は？　なんで。言えよ」

ユウゴはルーカスに詰め寄った。

「なぁ、一昨日《おととい》から何だよ」

声を荒らげられ、ルーカスは困惑《こんわく》した。計画を言い当てられるとは覚悟していたが、ユウゴの今の態度はそれとは違う。

「ユウゴ、何怒ってるんだよ」

戸惑《とまど》いの混ざった言葉も、今のユウゴには逆効果だった。

「なんだよ、俺には言えないのかよ！」

ユウゴはルーカスの胸倉《むなぐら》を摑《つか》んだ。その勢いのまま、ドンッとルーカスの体が、食堂のテーブルにぶつかった。

「ユウゴッ」

ダイナが短い悲鳴を上げる。ぶつかった拍子に、置かれていたカップの一つが、落ちた。

あっ、とユウゴが思った時には遅かった。繊細なカップは床にぶつかり、破片を散らして割れた。

＊　＊　＊

鋭く、空気を割る音が日の傾いた森に響く。

ユウゴの手元から薬莢《やっきょう》が地面へ落ちていく。銃弾を撃ち込まれた野良鬼が、一、二度痙攣《けいれん》した後、どうっと地面に倒れた。

「あと、どれくらいなんだ」

倒れた後も周囲への警戒を解かず、レイはいつでも弓を放てるようにしたまま、尋ねた。

「もうすぐ入り口に着く。だが密猟者《やつら》がまだ俺達を追っているはずだ」

赤い残照が、木々の間から差し込み、ユウゴの横顔に複雑な影を作った。

「昨夜《ゆうべ》から寝てないだろ。夜になる前に一度仮眠を取っておけ」

ユウゴは銃を下げて、そう伝える。油断なく辺《あた》りを見渡してから、レイもようやく弓を構えた姿勢を解いた。ユウゴへ、噛みつくように返す。

「休んでなんかいられるかよ」

睨むレイに、ユウゴはそっけなく言い放つ。

「安心しろ。一時間したらきっちり起こしてやる。死にそうでも見張り交代させるからな」

エマの救出に協力するとは言ったが、ユウゴの毒舌と振る舞いは変わらない。返事の代わりに、レイは舌打ちする。安定した枝を探すとその上でうずくまり目を閉じた。

その様子を横目で見ていたユウゴは、再び視線を周囲の警戒へ戻した。

鬱蒼《うっそう》とした森にはすぐに夕映《ゆうば》えの光が届かなくなる。

（あの時も、そうだった……）

ユウゴは周辺の木々を見渡した。

十三年のうちに、もっと景色が変わっているかと危惧《きぐ》していたが、過去へそのまま巻き戻ったかのようにこの森に変化はなかった。

このまま、あの地下へ続く入り口まで予定通り到着できれば、おそらく明日の昼にはゴールディ・ポンドへたどり着くはずだ。

あの〝触角《しょっかく》チビ〟が密猟者に連れ去られて、一日が経《た》とうとしている。せめて〝狩り〟の日に当たっていなければいいがと、ユウゴは胸の内に念じる。

ユウゴは、ボロボロの姿でうずくまる少年を一瞥《いちべつ》した。

最初から自分が協力してやっていたら、この状況は変わっていただろうか。

「チッ……」

あの時こうしていれば、違う選択肢《せんたくし》を選んでいれば、という思考は、いつだってこの身を苛《さいな》んできた。

思えばＧＢ《グローリー＝ベル》にいる頃からそうだった。

むきにならなければ、と後から思うようなことで、ついルーカスと張り合った。その頃はそれでも、他愛《たわい》ないケンカで終わることばかりだった。

あの日々が続くのだと信じていたのに。

記憶がその先へ進み始めるのを、ユウゴには止めることができない。この旅の途中で見た、夢のせいだ。兄弟達の夢。最期の光景。

暮れなずみ、闇の色を増してくる空をユウゴは静かに睨む。

自分が、ゴールディ・ポンドを目指そうなんて言わなければ。

あの秘密の猟場《かりにわ》で、もっとうまく戦えていたら。あの人狩りを——レウウィスを、倒す作戦を立てられていたら。

誰も死なずに済《す》んだ。

あの笑い声は、まだ自分のそばにあったはずだったのに。

「…………」

ユウゴは、この森を逃げ、荒野を抜け、シェルターに戻ってきた日のことを思い出す。

隠された地下への入り口を前にした時、呆然《ぼうぜん》と気がついた。

一人だと。

片手に握り締めたベストも、遺《のこ》された手袋も、ペンも、このシェルターの中のもの全《すべ》て——形見になってしまったと、思い知らされた。

叫びながら、壁に大きく、『Poachers《みつりょうしゃ》』の文字を書いた。復讐を誓って、切りつけるように線を引いたのを、昨日のことのように思い出せる。

だがどんな憎悪《ぞうお》も、孤独の痛みを消すには足りなかった。

その日から、たった一人きりの時間が始まった。

一日、一週間、一か月——一年。あんなに賑やかだった二段ベッドの並んだ寝室で、ユウゴは孤独に首を絞《し》められるように眠り、夢であってくれという願いを裏切られながら、朝を数え続けた。

『HELP』

憎しみを刻んだ壁に、床《ゆか》の上で身を丸め、力なくその文字を書いた。か細い呟きは、みるみるその数を増やしていった。そうでもしないと、おかしくなりそうだった。

助けて。

誰か、助けてくれ。

その声に答える者はいない。代わりに、頭の中で兄弟達の声が鳴り始めた。

『お前だけでも逃げろ！』

『さあ！』

『行け！　ユウゴ！』

「……いやだ。やめろ」

死ぬな。俺のために、犠牲になんてならないでくれ。

「やめてくれッ!!」

反響する幻《まぼろし》の叫びに、悲鳴を上げて髪を掻きむしり、気づいた時には床で倒れている。

そんなことが、時間が経つごとに増えていった。

自分は、生かされた。だから兄弟達の分まで、必ず戦い抜いてみせると心を奮《ふる》い立《た》たせられる日もあれば、何の気力も湧かず、一日中身を丸めている日もあった。

一人生かされた運命を呪《のろ》った。こんなことなら初めから、仲間も、希望も、情けも、自分に与えないでほしかったと神を詰《なじ》った。そんなこと、少しも願いたくないと、同じ心で思いながら。

どうしようもない後悔を繰り返し、延々と自分を呪いながら時を過ごした。

何をしていても、孤独だった。

それはあの敗走から、ちょうど十年を数えた日だった。

『毎日穴蔵生活じゃ気が滅入るもの』

光の宿らない瞳で、ユウゴはその声を聞く。それはまるで隣にいるように、顔を上げたら笑い返してくれそうな距離から、聞こえてきた。

『一日の最後に、みんなでちょっぴり贅沢するの』

「そう、だな……ダイナ……」

ゆっくり立ち上がり、ユウゴは散らかったテーブルを片付ける。そこにみんなでお茶会をした時のティーカップを置き、クッキーを用意した。

紅茶を入れると、その香りが部屋を満たした。その途端、兄弟達みんなの声が蘇った。ハウスを全員で脱獄できたことを讃《たた》え、でもこれからだ、ここからだと、未来に希望を抱いて語り合っていた、あの日々の光景が目の前に広がる。

だがすぐに幻は掻き消え、誰もいない現実のテーブルがそこに広がった。

モニターの機械が稼働《かどう》する、微かな音だけが響いていた。ユウゴはその静寂《せいじゃく》に絶望する。

「なんで、どうして俺だけ――」

並べたティーカップを、ユウゴは払い落とし、笑い声の消えたテーブルにすがり泣いた。

床の上に紅茶がこぼれ、思い出のティーカップはヒビ割れた。

＊　＊　＊

割れたカップの音にユウゴは我に返った。

「あ……」

足元で大きな音を立てて割れたカップを、ユウゴは瞠目《どうもく》して見つめる。靴のそばへ、綺麗な模様が描かれた破片が飛び散っていた。

食堂が一瞬、沈黙に包まれた。

「ユウ、ゴ……」

ユウゴははっとして顔を上げた。

そこには、今にも泣き出しそうな、ダイナの顔があった。

「……ッ」

ユウゴは突き飛ばすようにルーカスの胸倉を放すと、食堂を飛び出した。

「待って、ユウゴ！」

ダイナの呼ぶ声が聞こえたが、無視して廊下を走り、玄関から外へ出た。

外は土砂降りの雨だった。ユウゴは一瞬躊躇《ためら》ったが、そのまま外へ走り出す。途端に顔を雨が打ち、肩が濡れていった。それでも構わず走り続けた。

息を跳ねさせ、がむしゃらに腕を振って、ユウゴはハウスから離れていく。

足元で割れたカップと、悲しげなダイナの表情を、振り切るように。

(何やってんだよ)

こんなはずじゃなかったのに、とユウゴは苦しくなる息の合間に考える。

普段通りに戻そうとすればするほど、物事は思った方向と違う方へと進んでいってしまう。あそこで素直にルーカスのことを褒《ほ》められていれば。どんなに腹が立っても、胸倉なんか摑みかかったりするんじゃなかった。そうすればあのカップが割れることもなかった。

絵本を見ながら、こんなふうにお茶会をしたいと話していた、ダイナの表情が蘇り、ユウゴは歯を嚙みしめた。

森の中へ駆け込むと、途端に足場が悪くなった。

ぬかるみを跳《と》び越《こ》え、木の根をよける。それでも走っている間に、靴の中まで、水が浸《し》み込《こ》んでくる。濡れたせいでより足が重たくなる。

「待てよユウゴ!」

その時後ろから、雨音を裂いて声が飛んできた。

ユウゴははっとして振り返った。

同じように、雨でびしょ濡れになったルーカスが、木の間に立っていた。

「何やってんだよ、ユウゴ。みんな、びっくりしてたぞ」

割ったカップのことを怒ると思っていたルーカスは、けれど案じるような言葉をかけた。

それがユウゴを、ますます惨《みじ》めにさせた。

「ほっとけよ！」

ユウゴは雨音に負けないように叫ぶ。

「お前みたいなやつに、関係ないだろ！」

ルーカスはユウゴが言い放った言葉の意味がわからず、眉《まゆ》を持ち上げた。

「何言って」

「いつも周りのことよく見てて、ダイナの一番欲しいものも、わかって」

ユウゴは濡れて張りつく髪を、鬱陶《うっとう》しげに払う。

「家族に、一番好かれてるお前になんか」

「は⁉」

ルーカスは大きく目を見開いた。

「何言ってんだよ！」

今度は、ルーカスが怒鳴《どな》り返す番だった。連れ戻そうとした時には落ち着いていた声が、思わず大きくなる。

「お前の方が」

ルーカスは一瞬だけ、続く言葉を口にするのを躊躇った。

「お前の方が、いつだってみんなに頼りにされてて、いつだってみんなの輪の中心にいて……みんな、お前を一番頼りにしてるだろ！」

きっとこの兄弟の中で、誰がリーダーかと全員に聞いたら、みんな自分ではなくユウゴの名前を挙げるはずだと、ルーカスはずっと思っていた。兄や姉にだっていつも一目《いちもく》置かれている。

それはでも、認めるのが悔しいことでもあった。

叫び合う二人の声を掻き消すように、雨足がさらに強くなった。風が重なり、気づけば森の中は、嵐のようになっていた。

ユウゴはルーカスの反論を、素直に受け入れられなかった。

「何だよそれ！」

振り切って、さらに森の中へ進もうとする。それをルーカスが追いかけた。

「待てよ」

「放せって！」

ルーカスの腕を振り払った時、雨でぬかるんだ地面に足を取られた。ユウゴは慌てて足を踏ん張ろうとしたが、踏んだ場所の石がぐらっと動いた。

「あっ!」

摑み合ったまま、体勢が崩れる。

「ユウゴッ!」

二人とも、土の剝《む》き出《だ》しになった土手を転がり落ちた。高さは大したことはないが、石の多い場所だ。

「ってぇ……」

閉じていた目をユウゴが開けると、灰色の空に雨の線が重なっていた。口の中に砂の味がする。それから、一緒に転落した相手のことに思い至り、はっとした。

「ルーカス!」

勢いよく起き上がると、足に痛みが走った。見ればズボンが破れてその下に大きくすりむき傷ができていた。血の滲《にじ》む傷自体は浅いが、落ちる途中で石か何かにひどくぶつけたのだろう、打撲《だぼく》の痛みが強い。

ユウゴはそれよりも、とルーカスの安否《あんぴ》を確かめた。当のルーカスの方は、泥にまみれた姿のままそばに座り込み、目を丸くしていた。

「ルーカス、大丈夫か⁉」

息せき切って尋ねたユウゴを見て、ルーカスは吹き出した。

「はは、お前の方がやばいって」

ルーカスは慌てている親友を指さして、笑った。その反応にユウゴは拍子抜けする。

「はっ？」

「顔！　すごい泥だらけだぞ！」

「いやお前もだろ！」

ユウゴはのんきに笑うルーカスに言い返す。ルーカスはよほどツボにはまったのか、笑いすぎて浮いた涙を拭《ぬぐ》う。

「ほんと、運動神経いいくせに、なんでこういう時にこんな派手な転び方するかな」

「この野郎！」

ユウゴは突っかかるが、ケンカの続きをしたくても立ち上がると片足がずきずきと痛んだ。ルーカスはシャツの裾《すそ》を絞《しぼ》り、袖《そで》で顔を拭うとユウゴへ手を差し出した。

「ほら、もう帰ろう」

ルーカスに手を貸され、ユウゴは立ち上がった。

「俺の、自業自得《じごうじとく》だろ？　置いてけよ」

ひねくれた物言いをするユウゴに、ルーカスは少し黙っていた後、短く言った。

「嫌だ」

「はぁ⁉」

口を引き結んだルーカスの表情は、小さな頃から変わらない、正しいと思った時には絶対に引かない時の顔だ。

ルーカスは続けた。

「僕だけ戻ったら、絶対、みんなに怒られる。ニコラスにも、ジョンにも、アニーにもマイクにもエリカにも」

兄弟達の名前を挙げていくルーカスを、ユウゴは見上げる。

「ダイナにも」

そう言ってルーカスは、大げさなほど肩をすくめてみせた。

「みんなさ、お前がいなきゃって思ってるんだよ」

ルーカスの言葉を、ユウゴは今度は黙って聞く。ルーカスは泥だらけの顔で笑う。

「なんでだろうな、お前がいれば大丈夫だって思うんだよな。絶対楽しくなるって。何でも、うまくいくってさ」

ユウゴは、一番認められたい相手からかけられた言葉を、ようやくやっときちんと受け取ることができた。

それは全部、ルーカスの方が当てはまるものだと思っていたのに。意地を張って、卑屈《ひくつ》になって、いつかこいつを超えてやるんだと思っていたのに。

降り注ぐ雨が、後から後から頬を伝って顎《あご》を流れ落ちていく。

「あー、なんだよそれ！」

「ユウゴ？」

ユウゴはやけっぱちで、でも清々《すがすが》しい気分で、上を見上げて笑った。雲が流れて、一瞬青空が見える。最後まで、ルーカスはルーカスだ。

空を見上げるユウゴに、支えるルーカスは体を引っ張られてよろめく。

「あっ、おい！　後ろに倒れるだろ！」

「うるせーな。ちゃんと支えろよ！」

「おまっ、やっぱ置いてく!!」

振りほどこうとするルーカスに、ユウゴは首を絞めるようにくっつく。

頭から全身ずぶ濡れで、靴もズボンも泥だらけだ。それでも、ハウスを飛び出してきた時よりずっと、体は軽く気分は良かった。

木々の葉の上を、雨が跳ねる。気づけば、あれだけ打ちつけていた雨も上がり始めていた。

森を抜けると、ルーカスが「あっ」と声を漏らした。ユウゴもその視線の先を見る。

ハウスの上に、大きな虹がかかっていた。

＊　＊　＊

ルーカスの口から紡《つむ》がれる言葉を聞きながら、エマの脳裏にも、懐かしいハウスでの日々が浮かんでいた。

天気によって変わる森の中の空気や、木陰《こかげ》の温度。廊下に響く足音、食堂のあの匂い。

あの夜、この手で火を放ち、全て捨てて脱獄してきた。

逃げ出さなければ殺されてしまう檻《おり》だったが、十年過ごした我《わ》が家《や》には大切な思い出がたくさん詰まっていた。

エマはカップを手で包む。飲み終えたカップはまだ、仄《ほの》かに温かい。

「ルーカスとオジサンは、ハウスにいる時から、一番の親友だったんだね」

ああ、とルーカスは微笑し、言う。

「君にも、そんな兄弟がいるんだろうね」

「うん……」

エマは頷く。飲み干したカップの中へ目を伏せ、それが半分、過去形になってしまったことを口にできないでいた。最も信頼し、肩を貸し合える兄弟の一人は、〝いた〟という表現をしなければいけなくなってしまった。

「紅茶、美味《おい》しかったです。ごちそうさまでした」

エマは空になったカップを置く。片付けようとするエマに、ルーカスは片手を上げる。

「ああ、いいよ。僕が片付けておくよ。よく休んでくれ」

エマは頷き、笑顔で告げた。

「お休みなさい」

エマが去り、話し声が消えると、部屋にはまた、風車の動く音だけが静かに響き始めた。

この音も、もうすっかり聞き慣れてしまった、とルーカスは椅子にもたれて思う。

目を閉じると、その音は思い出の中の雨音に移り変わっていった。

＊　＊　＊

雨の粒が、小さくなっていくのに合わせて、空が明るくなっていった。雲の間から、日差しが斜めに差し込んでいく。

食堂の建物が見えてくると、ちょうどそのタイミングで扉が開いた。傘《かさ》をさし、タオルを抱えたママがこちらへやってくる。ママに見られず飛び出してきたつもりだったが、どうやらバレてしまっていたようだ。その顔は叱《しか》るというより、呆れたように、二人を見ている。

「雨の中を出ていくなんて、もう小さな子じゃないんですからね」

「ごめん、ママ」

そこでユウゴが足を引きずっているのに気づき、ママは慌てた。

「あら大変、ユウゴ、足をケガしたの？　早く手当てしないと」

普段めったに慌てることのないママが早口になっているのに、ユウゴとルーカスは目を丸める。それから顔を見合わせて笑いを堪《こら》えた。
G　B《グローリー＝ベル》の小さな診療所で足の手当てを終え、二人とも着替えて戻ってくると、外では弟妹達が待ち構えていた。
「ユウゴ、ルーカス！」

後ろ手にして隠していたものを、勢いよく前に出す。

「はい！　これ！」

「えっ、何これ」

受け取ったユウゴは首を傾げた。画用紙を折り曲げて作ったそれは、手紙のようだ。ルーカスも隣で、中を見る。

「えへへ、お茶会への招待状だよ」

開いた手紙には、クレヨンの拙《つたな》い文字で『食堂にお集まりください』と書かれていた。

ユウゴはふっと微笑む。

「じゃ、食堂へ行かないとな」

「ユウゴ、足ケガしてるの？」

「手、繋《つな》いであげる！」

両手をそれぞれ取られ、ユウゴは食堂へ向かった。

扉を開けた食堂は、さっきユウゴが見た時より、さらに美しく飾り立てられていた。そしてテーブルには、あのティーセットが並べられていた。

ダイナは、ポットにお湯を注いでいるところだった。紅茶の香りが、食堂中に広がっていく。

「すごいだろ！」

「あの絵本みたいでしょ？」

集まっていた兄弟達が、口々に言い、ユウゴを囲む。

「うん。すごい」

わざわざ、シーツを持ってきてテーブルクロスにしたのだろう。白いテーブルの上に、カップや花が並ぶと、普段食事で使っている場所から様変《さまが》わって見えた。

ユウゴは、その中に一つだけ、ヒビ割れたカップがあるのが目に入った。

「あ……それ」

自分が割ったカップだとわかった。ユウゴが表情を曇《くも》らせたところで、そばにいたジョンが告げた。

「ニコラスが直してくれたんだ」

ジョンに言われて、ニコラスは照れたように頭を掻いた。

「さすがに元通りってわけにはいかないけどな。でも、ほら」

兄弟が用意した花を一輪、そのカップに入れ水を注ぐ。

「水は漏れない！」

周りから、褒める言葉と笑い声が溢《あふ》れた。その中で、ユウゴは申《もう》し訳《わけ》なさそうに眉を下げた。

「ありがとう、ニコラス。ごめんな、ダイナ。大事なカップ割っちゃって」

やっと言いたい言葉を、素直に口にできた。ダイナは微笑んだ。

「ううん、気にしないで」

それより、と、ダイナは周りの兄弟達を見回し、息を吸い込んだ。声を揃え、笑顔で言う。

「ユウゴ、テスト満点、おめでとう！」

食堂に響いた言葉に、ユウゴは目を見開いた。

「えっ」

ユウゴは周りを見渡す。その横へルーカスがやってきて、笑いかけた。

「そのお祝いってことで、ダイナ、お茶会を企画したんだよ。みんなにも、こっそり手伝ってもらってさ」

「うん。一番手伝ってくれたのは、ルーカスだけど」

ユウゴは目を丸める。言葉が出てこなかった。

ダイナがやりたいと言っていた〝お茶会〟を、ユウゴは成功させたいと思っていた。だからクッキーをごほうびに頼んだのだ。だがダイナが〝お茶会〟をやりたいと言っていたのは、自分のためだった。ユウゴの胸に言いようのない温かさが広がる。

飾りを用意した兄弟達は得意そうに笑い合う。図書館で眠ってしまったエリカとマイクも目覚めて、顔を揃えていた。

「あーあ、ユウゴ引き留めておくはずだったのに！」

「僕達、気づいたら寝ちゃってたね」

ユウゴは、そのためだったのかと気づく。後から考えれば、全てつじつまは合う。

「ありがとう……俺、てっきり」

そう言いかけたユウゴの言葉と、ダイナの声が重なった。

「ユウゴ、ごめんね」

「えっ？　なんでダイナが謝るんだ？」

怪訝とするユウゴに、ダイナは微苦笑を浮かべて説明する。

「私、ユウゴに気づかれないようにしなきゃって思って、ルーカスと一緒に避けてたから」

「いや別に」

気にしてない、と続けようとしたが、どう言い繕っても今までの自分の行動を考えれば、そのセリフは言えなかった。

「……驚かせようと、してくれたんだから」

肩をすくめたユウゴに、ダイナはやんわり首を振る。

「でも、自分がされたらきっと『私だけ仲間外《はず》れにしてるの、どうしてだろう』って思って、不安になっちゃうもん」

ダイナは、お湯を入れたポットを持ち上げる。カップへ、ゆっくりと紅茶を注いだ。

それをソーサーごと持って、そっとユウゴへ渡した。

「これからは、何でも、お茶会してお祝いしましょう」

「何でも？」

「そう。毎日の、ちょっとした嬉しいこと、こうやってみんなでお祝いするの」

食堂に集まっていた兄弟達を見渡し、ダイナは提案する。

「サプライズじゃなくてもいいの。特別なことがなくても、みんなで集まって笑顔になりたい時に、やるの。どう？」

「わぁ、いいね！」

「それ、素敵！」

兄弟は、ダイナの提案に頷き合う。ユウゴもまた、ダイナのそのアイディアに、つられるように笑い返した。

「ダイナらしい」

そこで、食堂の扉が開き、みんなが顔を向けた。入ってきたのは、ママだ。

「はい、これはユウゴから頼まれていた、ごほうびよ」

そう言うと、大きな丸い缶を、テーブルの中央に置いた。

子供達がその缶を囲む中、蓋を開ける。

「みんなで食べられるように、たくさんのクッキー」

缶の中には、様々な形のクッキーが隙間《すきま》なく詰まっていた。ナッツやジャム、チョコレートチップの入ったものと、どれも甘い香りを漂わせ見るからに美味しそうだった。

「わぁ!!」

「すっげー」

「美味しそう!」

次々と歓声が上がる。その顔が、ユウゴへ向いた。

「ユウゴ、ありがとう!」

たくさんの手が、缶いっぱいに詰まったクッキーへ伸ばされた。

「へへ……うん!」

ユウゴも、その一つを、笑いながら口に運んだ。

＊　＊　＊

甘い味と香りが、記憶とともに口の中に蘇る。

ふいに空腹を思い出した。数日、木の実と痩《や》せた動物の肉しかかじっていない。そう言えばと、ユウゴはコートのポケットに手を突っ込んだ。

ハンカチにくるまれたそれは、シェルターを出る前に、あの〝触角チビ〟達の弟や妹から、渡されたものだった。パンか何か、持ち運べる食料だろう。

『これは、オジサンの分ね』

『エマとレイのこと、助けてあげてね』

反吐《へど》が出るようなセリフだと冷たくあしらったが、気づけば無理矢理、ポケットに押し込まれてしまっていた。油断も隙もない。

さっさと食ってしまおうと、ユウゴはハンカチの包みを解いた。

その中に入っていたのは、クッキーだった。

「は……？」

ユウゴは驚いて目を見開く。思わず声に出して呟いていた。

「なんで、これ……」

そう言ってからすぐに、自分が気を失っている間のやりとりが目に浮かんだ。

どうせ、あのガキ達のことだ。オジサンの分だと、少しだけ残していたのだろう。近づくなと言ったから、ずっと渡せなかったのかもしれない。

中には小さく折りたたんだ紙も入っていた。開いて、ユウゴはその文字を追う。

『オジサンへ　ちょっとしか入れられなくてごめんね。エマとレイをよろしくね』

下手《へた》くそな鉛筆の文字は、自分の弟や妹達が書いてくれたあの〝招待状〟と重なった。

「……ほんとに、馬鹿なガキどもだな」

外へ追い出そうとし、殺そうとしていた大人相手に。

ユウゴはクッキーをつまんだ。あの日食《た》べ損《そこ》ねたそれを口に運ぶ。

しけって、生地《きじ》はぼそぼそとしていたが、口の中に甘みが広がる。ユウゴはその懐かしい味を、噛みしめた。

「ああ……美味《うま》い」

夕日の色は掻き消え、辺りは夜の始まりの薄闇《うすやみ》に包まれていた。

どこからか、フクロウの声が聞こえてくる。

さらわれる直前に、あの〝触角チビ〟が――エマが、放った言葉は、内心を言い当てていた。

『そっくりだったんでしょう？　今の私と、昔のオジサン。私達家族と、オジサンの仲間』

そうだ。あのシェルターにエマ達が入ってきた時、失ったものがもう一度、自分の前に現れた気がした。

本当はあの夜、自分は命を絶《た》つはずだった。

もう限界だった。

来る日も来る日も、誰もいないシェルターで過ごすのは、自分のせいで家族を死なせたことを思い知らされ続けるのと一緒だった。その夜、ユウゴは全てを終わらせる決断をした。クッキーの缶と、ヒビ割れたカップを、テーブルに置いた。それから拳銃と。

(もう許してくれ)

俺も、そっちに——。

引き金を引く直前、声が聞こえた。

頭の中に響く、仲間の声ではない——けれど、明るい子供達の声だった。十三年ぶりに聞く、現実の、人の声だ。

ユウゴは、ずっと止まっていた時間が動き出すのを感じた。

最初は追い払うつもりだった。自分は、これから死ぬつもりなのだから。仲間も希望も情けも、そんなもの再び目の前にちらつかされたくなかった。もう二度と、何かを失うのは御免《ごめん》だった。

(そう、思ってたんだけどな……)

ユウゴは口の中の甘みを噛みしめる。気づけば、自分は再び、他人を助けるために銃を握って立ち上がっている。

シェルターのあの地獄のような孤独は、うるさい子供達の声で掻き消えていた。

どうして自分だけが残されたのだと、今はもう運命を呪う気持ちは湧かない。あの時も、死ななくて良かったと思えた。もしほんの少し引き金を引くのが早かったら、あのシェルターにやってきた子供達が最初に見ていたのは、自分の死体だったのだから。

死ぬなと、言ってくれたのだろうか。

ユウゴは片手を見下ろす。手袋の持ち主は、そういうやつだ。

（あの時も、俺を逃がして自分は犠牲になった）

みんなそうだ。ニコラスも、ジョンも、ダイナも。みんな、その命を繋ぐように犠牲になっていった。

「……ありがとな」

あの〝お茶会〟事件のすぐ後に、ダイナへの気持ちを、ルーカスに気づかれた。

『マジかよ！　好きならそう言えばいいのに』

『バッ……ルーカス、言えるか！』

ふざけ合った時間が懐かしい。ユウゴは目を伏せ、静かに笑う。

いつか伝えようと思っていた。

この脱獄が成功したら――全員で、人間の世界へ行けたら。そんなふうに想《おも》っているうちに、ダイナは、決して手の届かない場所へ連れていかれてしまった。

ユウゴは空を仰《あお》ぐ。

白く薄く見えていた月はその位置を変え、仄かな光を銃を握る手元へ落としていた。

あの頃のような、無邪気な恋心はもう薄れてしまった。十三年だ。ユウゴは改めて、その歳月を振り返る。

ただもう一度、会いたいと思った。

死ねなかったのは、託《たく》された命だと思っていたからだ。だがそれとは別の感情もずっと抱いてきた。もし自分が死んで会えたとしても、仲間に合わせる顔なんてなかった。ゴールディ・ポンドへ行こうと言わなければ、誰も死なずにいたかもしれないのだ。自分があの選択をしていなかったら。仲間達に、助けられたりしていなければ……。

誰も自分に二度と会いたいと思っていないかもしれない。

だから、会いたいと願うこと自体を戒《いまし》めてきた。

枝の間から覗く月に、ユウゴは目を細め、微かな声で呟く。今夜だけは、いいかと、掠《かす》れた声を漏らす。

「……あいつらに、会いたいなぁ……」

夜闇が訪れる中、レイはわずかに瞼《まぶた》を開け、その呟きを聞いていた。

それは、〝自分のせい〟で、大切な存在を失ってきた人間の声音《こわね》だった。レイはしばらく目を開け、自分の手元を見ていたが、またそっと目を閉じた。

＊　＊　＊

ルーカスは瞼を持ち上げる。気づけば、テーブルに伏せるように、眠っていた。身を起こし、首をさする。

さっきまで、ハウスの話をしていたせいだろうか。

久しぶりに、ユウゴの夢を見た。

ゴールディ・ポンドで戦った時のように銃を携《たずさ》え、けれど自分と同じ年齢になっている友の姿が夢に出てきた。だが夢の記憶はおぼろげで、すぐに顔や姿かたちはどんなふうだったか、思い出せなくなった。

「変な感じだな……」

同い年なのだから、生きているなら今の自分と同じ年齢になっていると頭ではわかっても、想像の中のユウゴは、最後に会った時のままで止まっている。

十三年。流れた月日の長さに、ルーカスは信じられないと嘆息する。

きっとあいつなら生きているはずだと念じながらも、もし、自分だけが生き残っていたらと考えると、寂しさに立ち上がれなくなりそうになった。

それでも自分には、このゴールディ・ポンドで得た家族がいた。彼らが自分を慕《した》ってくれていたから、一緒に今日まで来られた。

だがエマ達が来るまで、シェルターには、ユウゴ一人きりだったのだ。ルーカスは親友が過ごしてきたであろう時間を想像する。

十三年間だ。

長かっただろう。

生きろと言われて、仲間みんなの分を、託された命だ。そう思えば、どんなに孤独でも後を追うこともできなかったと容易に想像できた。あいつは、そういうやつだ。みんながユウゴを頼りにしていたのは、ユウゴが誰より仲間のことを大切にしていて、責任感があったからだ。信頼されていた。

ルーカスはこの猟場《かりにわ》で、残される者の苦しさは嫌というほど目にしてきた。それでも今日まで仲間の命を背負って、生き延びてくれたのだ。

「この猟場《かりにわ》を終わらせ、必ず、会おう……」

ダイナの分まで。ニコラスの、ジョンの、アニー、マイク、みんなの分まで。

会ったら、何を言おうか。離れ離れで戦ってきたこの十三年間を、言い表せる挨拶《あいさつ》は浮かばなかった。

（あいつは、なんて言うだろうか……）

頭は回るくせに、肝心なことは口にできないやつだ。気の利《き》いた言葉は自分以上に出てこないのではないだろうか。そんな想像をして、ルーカスは笑う。

ユウゴの、ダイナへの気持ちを知ったのは、あのお茶会からすぐのことだ。

『好きならそう言えばいいのに』

自分は確か、そんなふうに笑ったはずだ。少年時代の無邪気なやりとりを、懐かしく思い出す。

言えるか、と言ったユウゴだって、まさか永遠に胸に仕舞って過ごすことになるとは、思っていなかったはずだ。

自分達に、平穏な旅立ちはやってこなかった。

『逃げよう』

誰も失わず、GB《グローリー＝ベル》を出てこられたのは、ユウゴがいたからだ。

あの雨の中、肩を貸してハウスへ戻りながらユウゴと約束した。

もし、家族に何かあった時は、俺達で助けようと。

必ず、一緒に。

ハウスの真実なんてその時は知らなかった。だが家族が困っていることがあれば、二人で助けようと誓った。

今思えば、なんだか気が大きくなっていたのだ。あの時は、自分達が力を合わせれば何でも叶えられそうな気がした。一番頼もしい相手に、一番頼りにされているとわかったのだ。

ユウゴがいたから、自分は——仲間達は、あそこまで戦えた。その気持ちは、敗北の後も変わらない。

ルーカスはカップに残った、最後の一口を飲み終えた。

「〝お茶会〟か……」

もう一度、あんなふうに家族でテーブルを囲む時間を、何度夢見たことだろう。

思えばダイナ自身が、あのシェルターでの、〝お茶会〟のような存在だった。

狩りや戦いのように、生きていくために絶対に必要なことでないけれど、この時間があるかどうかで、生きていくことの尊《とうと》さは変わる。

それをわかっていたから、ダイナもあのクッキーにメッセージを添えたのだ。

『みんな仲良く、楽しいお茶会を』

どんなに過酷《かこく》な状況でも、仲間と笑い合えるひと時を――。

ルーカスは椅子にもたれ、まだ部屋に微かに残る、紅茶の香りを吸い込む。

「楽しかったなぁ……」

本当に、楽しい毎日だった。

何一つ、もう決して取り戻すことはできないと思っていた。あそこで笑い合った全員と、もう二度と会うことはできないのだろうと思っていた。

けれど、全て失ったわけじゃなかった。

ルーカスは、左手を持ち上げた。黒い手袋をはめた拳を、きつく握り締める。奇《く》しくも今、その片方には友の手が通されている。

「生きてくれて、ありがとう」

あの時、ユウゴの肩を支えてやった右腕はもうない。杖を頼りに歩く自分では、どれだけ役に立てるかわからない。それでも今――生きている。俺達は、生き抜いたのだ。

諦《あきら》めず歩き続けてきた二つの道が、もうすぐ、交《まじ》わる。

二《ふた》つの決《けつ》意《い》

気づいたら、知らない町にいた。

レンガの道にカラフルな家々が並んでいる。だがどれもがらんとして、まるでドールハウスのようだ。門には大きく『WELCOME』の文字。色とりどりの風船や旗で飾られているのに、なぜかどこも不気味に思える。遠くに、大きな風車《ふうしゃ》が見えた。

「ここ、どこ……?」

少女の声が、ぽつりと響く。

その時、道に立てられた看板を見つけた。


『RULES』
1. MUSIC
2. MONSTERS
3. SURVIVE

その文字を読み、ナイジェルはそばを歩く妹を引き寄せた。

「何だ、これ……？」

「何、これ」

その声に初めて、そばに知らない子供が二人いることに気づく。

姉と妹だろうか、自分達と同じように不安そうな顔でその看板を見ていた。呟《つぶや》いたのは年下の方だ。肩につかないくらいで、切《き》り揃《そろ》えられた髪が揺れる。

「こっちだ！　集まってくれ！」

はっきりとした呼び声が聞こえ、ナイジェルも、そしてジリアンもはっとして顔を向けた。あちこちから、その声を頼りに知らない子供達が集まってくる。

「みんな、聞いてくれ」

自分より少し年上に見える少年が、広場を見渡し、声を張った。

GV《グランド＝ヴァレー》農園の、それぞれ異《こと》なった飼育場から秘密裏《ひみつり》に〝出荷〟された食用児達が、今日《きょう》もまた猟場《かりにわ》に放たれる。

まだ話の途中に、ヴツと機械音が鳴った。ピエロが飾られたスピーカーが稼働《かどう》する。

音楽が、鳴り始めた。

＊　＊　＊

夕食の後、エマは風車の中をジリアンに案内されていた。

「はぁ……こんなにお腹《なか》いっぱい食べたの、いつぶりだろう」

「ルーカスみたいに、エマは〝外〟からここに旅してきたんだもんね。しかも〝脱走者〟！すごいよ」

ううん、とエマは首を振る。

「ハウスを出てこられたのも、ゴールディ・ポンドを目指して旅してこられたのも、一人じゃなかったから」

エマはそう言い、森の中にいるであろう〝オジサン〟とレイのことを考えた。早く合流できたらいいが、今はここでの作戦が先だ。

「そっか。でもやっぱり、エマが仲間に加わってくれて、頼もしい」

ジリアンがそう言ったところで、後ろから走ってくる足音が響いた。

「あっ、いたいた！」

「ナイジェル」

数時間前に会ったばかりの相手だが、ナイジェルは話しやすい性格で、すでに長い間一緒に過ごしてきたような気安さを感じていた。もともとエマ自身も人見知りをする性格ではない。

ナイジェルはエマに話しかける。

「なぁ、持ってた銃、見せてくれ」

「え?」

エマは持ち歩いている小型の銃を取り出した。

「これ?」

シェルターを出る時に、武器として持ってきたものだ。小型で、同じサイズの拳銃ほどの威力はないが、銃口が四つ作られ、それぞれに異なる機能を持つ特殊銃だ。

ナイジェルは銃を受け取り、興味深そうに掲《かか》げ持《も》つ。

「持ってるの見た時から、これ気になってたんだよ」

矯《た》めつ眇《すが》めつしつつ、「へぇ、なるほど……」とぶつぶつ独《ひと》り言《ごと》を言う。エマの方を見て、ナイジェルは尋《たず》ねた。

「この銃。ちょっと借りていいか?」

「うん」

素直に答えたエマに、横からジリアンがにやっと笑う。

「ナイジェルにそんなの貸したら分解されちゃうよ～？」

「えっ⁉」

エマはぎょっとしてナイジェルを見る。ナイジェルは本気にしているエマの顔を見て笑う。

「しないしない。ただちょっと構造を……」

「ほら」

ジリアンが声を上げて笑う。それからいいことを思いついたと、手を打った。

「せっかくなら、エマもナイジェルの作業部屋、来なよ」

「作業部屋？」


狭い扉を開《あ》けて中に入ると、そこには数え切れないほどの武器が詰め込まれていた。

「うわ、すごい！」

部屋中に銃やそのパーツが積み上げられ、中央の作業台の上には細かなパーツが工具とともに置かれていた。シェルターで見た武器庫のように、整然と収められているわけではなく、どれも一見無秩序に棚や床の木箱に並べられていた。機械のオイルの匂《にお》いが、部屋に染《し》みついている。

頭上を、剝《む》き出《だ》しの歯車がゆっくりと回っていた。

「ナイジェル、これよく何がどこにあるかわかるよね」

武器とは別に、設計図や雑多なメモなども箱に突っ込まれており、その一つをジリアンは持ち上げる。ナイジェルは首をひねった。

「完璧《かんぺき》に整頓されてるだろ」

「どこが？」

ジリアンは肩をすくめる。

周《まわ》りを見渡していたエマは、作業台の上に、見たことのない形の銃が置かれているのに気づく。

「すごいね。これって、改造した銃？」

指さすエマに、ナイジェルは頷《うなず》き返した。重たそうな銃を持ち上げる。

「そうそう。持ってみるか？　弾は入ってないから」

手にした銃をエマへ渡す。エマにはどういう構造になっているかわからないが、部品が足され、本来の銃に複雑な仕掛けが取り付けられていた。

「それでも、八年かかってこれだけしか作れなかったからなぁ」

「でもすごいよ……。鬼の……あの怪物達の仮面を破壊する武器なんて」

限られた部品を使って、自分達で知恵を絞《しぼ》って、工夫を重ねて作り上げたのだ。エマの頭に、発信器を無効化させる装置を作った友人の姿がよぎった。

「明日《あした》、ソーニャ達と銃の訓練するって言ってたよな？　エマも使えそうな銃、いくつか見繕《みつくろ》っておいたら？」

「うん」

これとかどう？　と、ナイジェルは作業台に小銃を並べていく。

エマはそれを持ちながら、これを使う時は、決戦の時なのだと改めて感じた。

「そう言えば、ヴァイオレットから聞いたよ」

「え？」

ナイジェルは銃を揃えながら、エマに話しかける。ヴァイオレットはＧＰ《ここ》へ来てエマが最初に会った少女だ。

「昼間、ＧＰ《ここ》の子供達《やつら》、助けてくれてたんだろ？」

「すごいよね。来たその日にさ」

ジリアンもそう言ったが、エマは表情を曇《くも》らせた。

「……うん、でも」

銃を置き、やりきれないものを飲み込むように口にする。

「テオの兄弟は……助けられなかったから」

一人うずくまるテオの姿が、エマの脳裏《のうり》に張り付いている。

悔《くや》しげに漏《も》らすエマを前にし、ナイジェルとジリアンは目を伏《ふ》せた。その瞳から光が消える。先に口を開いたのは、ナイジェルだった。ぽつりと呟く。

「わかるよ」

ジリアンもまた、静かに口を開いた。

「ここじゃ、ずっとそうだから。みんな思ってる。もっと早く、あの怪物達と戦えていたら……って」

エマは二人を見つめる。さっきまでの明るさは掻《か》き消《き》え、その表情は痛みに満ちたものに変わっていた。ナイジェルは自分の拳《こぶし》を見下ろす。

「毎日、一秒でも早く、あいつらに復讐したいって思ってる。でも、勝利するための条件が揃うまで、俺達は待ち続けたんだ」

エマはその言葉を黙って聞いていた。

さっき作戦の説明を受けた時、ここにいる仲間達が、どれだけの時間をどんな思いで堪《た》えてきたか、知った。

ここ、ゴールディ・ポンドは、鬼の貴族達が、隠された敷地内に農園から横流しした食用児を放ち、禁じられた〝狩り〟に興《きょう》じる場所だ。

そんな中で人間側に勝ち目はない。圧倒的な敵の力の前には、ただ〝狩り〟の間、逃げ回ることしかできない。

その現実を、今まさにゴールディ・ポンドの同志達は打ち破ろうとしている。

ひそかに武器を作り、準備を進めながら、何もしていないふりをすることで敵を油断させ続けた。

無力な人間だと思い込ませ続けることは、一体、どれだけ苦しい毎日だっただろう。

「やっと、戦えるんだ」

ナイジェルは噛《か》みしめるように漏らす。

「あいつの仇《かたき》が討《う》てる……」

「うん……やっと、だね」

エマは目の前の二人を見つめる。話しかけやすい明るい笑顔の裏には、たくさんの感情が隠れていたのだと改めて思う。

「ジリアンも、ナイジェルも……ずっと気持ちを堪《こら》えて、過ごしてきたんだね」

エマの言葉を聞き、ナイジェルは苦笑《にがわら》いを浮かべた。ばつが悪そうに、帽子をかぶり直す。

「あー……ずっと、じゃないんだけどな」

「ああ、うん、そうだね」

ジリアンもまた肩をすくめて頷いた。そのセリフと表情の意味がわからず、エマは首を傾ける。

「え？」

ナイジェルは作業用の椅子《いす》を揺らしながら、過去を明かした。

「一度、俺とジリアンだけで、怪物達に復讐しようとしたことがあったんだよ」

ナイジェルの言葉に、ジリアンも苦笑して呟いた。

「ルーカスやオリバーの言うこと聞かずに、勝手にあいつらを攻撃しようとしたんだ」

「えっ⁉」

二人が明かした事実に、エマは目を見開く。

今日出会ったばかりだったが、ルーカスを中心にして、ここにいる面々の結束は固く、そんな計画を台無しにするような行動を取るようにはとても思えなかった。

「あれから、こんなに時間が経《た》ってたんだなぁ」

ナイジェルは頭に手をやり、使い込み、割れたゴーグルの縁《ふち》を撫《な》でる。

「……長かったね」

ジリアンもまた、あの時のことを思い出して、目を細めた。その帽子には笑顔のピエロが縫《ぬ》いつけられている。

＊　＊　＊

ゴールディ・ポンドの空は、今日も絵本の中のような無機質な水色を映し出している。

カラフルな家が並ぶ広場では、子供達が食事を配り合ったり、何か話し合ったりしている。誰かが冗談を言ったらしく、その子供の周りで笑い声が上がる。

その時、スピーカーから音楽が鳴り出した。

途端に、その場にいた子供達の表情が変わった。

悲鳴を上げて森の中へ逃げ出す者、何が始まったのか理解していない者、その中でも冷静な反応を示す者が数人いた。

「始まったな」

オリバーはそばにいたポーラとザックに目配《めくば》せし、混乱している子供達へ声をかける。

「落ち着いて隠れれば大丈夫だ！　一か所に固まらないように！」

この〝猟場《かりにわ》〟の先輩組は、うろたえている仲間やわけがわからずに立《た》ち尽《つ》くしている仲間へ、的確な指示を出していく。

鳴り響く音楽に、あちこちから子供達の声が重なる。

「お兄ちゃん……怖いよ」

ナイジェルは手を繋《つな》いで移動していたララの声に、視線を向けた。

おびえた顔で自分を見上げる妹に、ナイジェルは自身の不安を押し殺して笑《え》みを浮かべる。

「ララ、大丈夫だ。心配するな。絶対今日も逃げ切れるから」

小さな妹は震えていたが、兄の言葉にこくっと頷いた。ナイジェルはもう一度しっかりと手を握り直し、森の中へ入っていった。

「絶対……逃げ切る……」

音楽が一定のメロディーを奏《かな》でた後、鳴り終わった。

明るいこの旋律《せんりつ》を、あの日からどれだけ恐れ、おぞましく思い、憎んできたか。

「ジリアン、待って！」

音楽を聞き、森の中へ駆け込んだジリアンは、背後をついてくる姉を振り返った。

「お姉ちゃん、何してるの？」

姉のエミリアは近くの木へ手を伸ばし、よく見ないとわからない程度の、小さな印をつけていた。

「罠《わな》のデータを取りたいの」

そう言ってエミリアは、森の中の通り道と印の位置とを確認していく。

「……よし、今回は、絶対この場所を通るはず……」

エミリアは〝狩り〟の後、ひたすら森の中に残された足跡を記録に残し、どの怪物がどの場所から狩りをスタートさせ、敷地内をどう動くか、調べていた。

できる限り法則性を見つけ出し、いつか完璧《かんぺき》な罠が完成した時に、成功の確率が最も高い場所に設置できるようにする。そのために、気づかれない範囲でシミュレーションを行っていた。後から確かめ、予測通りの方角から怪物が入ってきていれば、成功だ。

「これで最後、っと……」

エミリアが木から離れた時、空気を震わせていたメロディーが止《や》んだ。

「お姉ちゃん、早く逃げないと」

ジリアンは周りを見渡す。いつ、あの怪物達がここに自分達がいることに気づくか。

ジリアンは普段はそうは見えないのに、こういう時に発揮される姉の冷静さと、勇敢さに驚く。自分はほんの少しでも足を止めていたくないのに。

不安そうな妹の声に、エミリアは笑みを浮かべて頷き返した。

「うん、行こう」

二人、森の中へ走り出した。


いつも通りの時間で、〝狩り〟の終わりを告げる音楽が流れた。

ちょうど木が重なり合う根元、そこに隠れていたナイジェルは顔を覗《のぞ》かせ、周りを確かめると立ち上がった。妹のララも元気よく飛び出してくる。

「ほんとに見つからなかった！」

「な？　言っただろ？」

ナイジェルは得意げに鼻をこすった。

すっかり安心して家のある方角へ戻っていく。ララはレンガの敷きつめられた広場を走っていく。広場では救護班がいつものようにケガをした子供達の手当てをしている。

「あれ……ソフィーがいない……」

ララは辺《あた》りを見回し、呟いた。ソフィーというのは、ララが仲良くしていた子だ。ナイジェルも子供達の顔を確認するが、ソフィーは見つけられなかった。

「探しに行ってくる！」

「あっ、ララ」

妹は疲れているだろうに、広場から走っていく。ナイジェルは慌《あわ》てて後を追った。

離れた場所でそれぞれ集まっている子供達の顔を、確認していく。ゴールディ・ポンドには大勢の子供がいるが、それでも全員を見て回るのに、それほど時間はかからない。

ララは町のはずれに立ち止まり、後ろをついてきていた兄を振り返った。

「どうしようお兄ちゃん……ソフィー、もしかしたらまだ森にいるのかも。ケガとかして、動けなくなったりしてるのかな……。それか、もしかしたらさ」

「ララ」

ナイジェルは、ソフィーのいない〝原因〟を一生懸命挙《あ》げる妹の前に、膝《ひざ》をついた。視線を合わせると、寂《さび》しそうに笑顔を作る。

「……もうソフィーは帰ってこないよ」

ナイジェルは小さな妹にそう言った。ララは、さっきからずっと、歯を食いしばるように大きな瞳を見開いて涙を堪えていた。妹にも、わかっていたのだ。

「もう、会えないの……？」

呟いた瞬間、妹の目から大粒の涙がこぼれた。ナイジェルは黙ったまま、頷く。

ここで生き残るということは、自分ではない誰かがいなくなる、ということだ。

「うっ、う……ひっ、う」

ナイジェルは、泣きじゃくる妹にどう言葉をかけたらいいのかわからなかった。人懐《ひとなつ》っこい妹に、友達を作るなとも言えない。だが仲良くなる子は、次々にいなくなってしまう。ナイジェルにも全員を守ってやることはできない。

しばらく一緒にしゃがんで、頭を撫でてやっていたが、ナイジェルは思いついて声をかけた。

「ララ、こっち来てみろよ」

「？」

手を引いて、ナイジェルは風車のある方へ向かう。普段行くことがない、その先へ歩いていく。

ナイジェルは連なる茂みを掻き分け、その先に広がる場所を指さす。

「ほら」

「わぁ……クローバーがいっぱい！」

そこには、白詰草《しろつめくさ》の花畑が広がっていた。ナイジェルは花にはあまりくわしくないが、妹がＧＶ《グランド＝ヴァレー》にいた頃からこの植物が好きなのは知っていた。

「四葉のクローバーあるかなぁ！」

花や葉を摘《つ》み始めると、その顔から涙は消えていた。せっせと摘んで花輪を作ると、ララは兄を見上げて笑った。

「これはね、ソフィーにあげるの」

「えっ」

ナイジェルは、妹が口にした言葉に驚く。ララはまだ涙を浮かべたまま、それでも歯を見せて笑いかけた。

「今度は、幸せに、たくさん生きられますようにって」

「……そうだな」

健気《けなげ》な妹の言葉に、ナイジェルは頷き返した。


生まれ育ったＧＶ《グランド＝ヴァレー》は、ナイジェルにはいつか出ていくのが名残《なごり》惜しいくらい、居心地のいい場所だった。それでも旅立ちの日はやってきた。新しいお家《うち》に行くのだと言われて、連れてこられたのが、ここだった。

最初、オリバーやソーニャからこの場所の説明を受けても、意味がわからなかった。怪物が襲ってくる？　そういうゲームなのかと思った。

鬼ごっこを、みんなでやっているのかと。

だが本当に怪物は存在した。

仮面をつけた巨大な姿が、木々の間から見えた時の、ゾッと鳥肌《とりはだ》が立つ感覚は忘れがたく、いまだに夢に見る時がある。自分でも震えが止まらなかったのだ。妹のララが感じている恐怖は、どれだけのものだろうかと、ナイジェルは思う。

最初の〝狩り〟を妹とともに生き残り、ここが、生きるか死ぬかの檻《おり》の中なのだと実感した。

ナイジェルは、機械に詳《くわ》しいのを買われて、オリバー達の仲間に引き入れられた。支給品の武器を見せられ、威力を上げる方法などのアイディアを求められた。

ハウスにいた時から、機械いじりは好きだった。さすがに銃に関しては詳細《しょうさい》な知識は持っていなかったが、分解して独学で機能を把握《はあく》していった。

怪物達は、その体に銃弾を撃ち込まれても、すぐに傷を再生できる。

『弱点は仮面に隠された、目の奥だ』

彼らの倒し方を教えてくれたのは、ルーカスだった。彼がこのゴールディ・ポンドで得てきた情報から、仮面の硬度やそれを撃ち抜くのに必要な威力を考慮し、何度も試していった。

その間に、たくさんの命が、犠牲になっていった。

ナイジェルは助けられなかった仲間達のことを考える。ソフィーだけではない。怪物に捕まるより前に、この猟場《かりにわ》の現実に堪え切れず、命を絶《た》ってしまった子供もいた。

（いつか……必ず）

ナイジェルは拳を固める。

必ず、この猟場《かりにわ》を終わらせ、妹と一緒に安全な〝人間の集落〟を目指すのだ。

音楽が鳴り、ジリアンはその場にへたり込んだ。

（終わった……）

荒い呼吸を繰り返しながら、ジリアンは全身の緊張を解いた。もう何度も味わっているが、それでもこの音楽が鳴り〝狩り〟が始まる時と、終わる時には、いつも強く死を意識する。

今日こそ、自分は殺されるかもしれない。

今日もなんとか、生き残れた。

ジリアンは立ち上がろうと膝をつく。震える手を握り合わせ、息を吐いて顔を上げる。

走り回った後の疲労はあるが、どこにもケガも不調もない。

自分は無事だ。――――自分は。

「………」

ジリアンは今日の〝狩り〟の間のことを思い出す。

(まだ、あんな小さな子だった……)

ジリアンは自分の背後で上がった悲鳴を思い出し、ぎゅっと目を閉じた。

助けようと思えば、できたのではないかと、今しても仕方のない想像をどうしてもしてしまう。自分を囮《おとり》にして、その間に追われていた子が逃げられれば……。

ジリアンは首を振った。

そんなこと、できるわけがなかった。

鬼ごっこは、GV《グランド＝ヴァレー》にいた頃から得意だった。誰にも捕まらず、かっこよく逃げられるのが自慢だった。だがそれは、ここでは逃げられない誰かを、見殺しにする行為に変わる。

「…………」

オリバー達の仲間となり、怪物に勝つための計画を聞かされた時、ジリアンはそれがどういうことなのかわかっていなかった。

もちろん頭では理解していた。

あの人狩りを――怪物達を油断させ、自分達は何もできないウサギだと思わせる。それしか、来《きた》る日の反乱を成功させるすべはないと、ジリアンも納得できた。

けれど、それはつまり、その日が来るまでひたすら、自分達はノーガードで殴《なぐ》られ続けるということだ。仲間の誰かが、犠牲になり続けるということだ。

はぁ……とジリアンは息を吐き、沈んでいく思考を振り払う。

「お姉ちゃん、探さないと……」

一緒に逃げていたが、途中ではぐれてしまった。

ジリアンは森を抜け、広場の方まで戻ってきたが、そこにも姉の姿は見つけられなかった。めいめい集まっている子供達の顔を確かめていく。顔見知りに尋ねたが、見ていないと言われた。

（どこ、行っちゃったんだろ……）

ドクンと心臓が不穏な音を立てた。ジリアンは足早に道を走った。一つ一つ家を見ていくが、姉の姿は見当たらない。どんなに遅くても、さすがに森から戻ってきていていいはずの時間だ。

（どうしよう……）

もし途中で、姉があの怪物達に襲われていたら。

さっき聞いた悲鳴が、姉の声で再生された。ジリアンは身震いする。レンガの道で立ち止まり、自分の足の影を見た。

このままもう二度と、会えなかったら。

「ジリアン」

その時、後ろから声をかけられ、ジリアンは弾《はじ》かれるように振り返った。

そこには、姉のエミリアが立っていた。

「お姉ちゃん！」

傷を負った様子《ようす》もないその姿に、ジリアンはほっと肩の力を抜く。

「良かった……何か、あったかと思った……」

「ごめんね。森の足跡を見て回ってたらずいぶん時間かかっちゃって」

「そう……だったんだ」

ほっとジリアンは安堵《あんど》の息を吐き出す。安心した瞬間、涙がこぼれそうになり、それを見せるのが嫌《いや》でわざと怒った顔を作った。

「もう！　そうだとしても、遅すぎだってば」

「ごめんね。でも大成功！　見て、ルーチェは今日仕掛けた罠の位置を、予測通り通っていったわ」

エミリアはノートを広げて、そこに書き込んだ今日の足跡の位置を見せる。

「こっちはノウスとノウマね。これもほぼ想定通りよ」

「えっ、すごい！」

「でもバイヨンとレウウィスはダメだった……特にレウウィスはまるで動きが読めないわ」

エミリアは難しい表情になると首を振った。

レウウィスという名を聞いて、ジリアンは身を固くした。黒い外套《がいとう》を着て帽子をかぶったその姿が、脳裏に浮かぶ。

自分の背後で上がった悲鳴は、おそらくレウウィスが誰かを狩った時に上がった叫び声だとわかった。囮になって逃がす、が通用しないと思ったのは、敵が怪物達の中でも格上すぎるからだ。

それを自分への言い訳《いわけ》にしている気がして、ジリアンは顔をうつむかせた。

「……戻ろう……疲れちゃった」

明るい妹が、言葉少なに歩いていくのに気づき、エミリアは声をかけた。

「ジリアン？」

気遣《きづか》うような姉の声に、ジリアンはぽつりと呟く。

「……お姉ちゃんが生きてて良かった」

妹の横顔を見て、エミリアは目を伏せた。微《かす》かに口元へ笑みを浮かべる。妹が、何を言いたいのか、エミリアにもわかった。

「うん。私も、今日もジリアンが無事で良かった」

「でも、誰かの家族は、兄弟は、今日もまた……死んじゃったんだよね」

妹の呟きを聞き、エミリアは何か言いたげに口を開いたものの、また黙った。

二人、重苦しい足取りで広場へ戻っていく。

「ジリアン」

ふいに、エミリアが声を発した。うつむいて自分の足先を見ていたジリアンは、顔を上げた。

エミリアは自分の服のポケットを探ると、取り出したものをジリアンへ差し出した。

「これ、あげる」

片手を取られ、押しつけられるように渡されたのは、丸い布地だった。

「あっ、ワッペン」

手の中には、姉が手作りしたピエロのワッペンがあった。

この作り物の町には、飾りとしてあちこちにピエロのモチーフが使われていた。旗やカーテンには、ピエロの絵柄のものもある。

それを切り取り、エミリアは刺繍《ししゅう》や縁取りをつけて、いつもワッペンに仕立て直していた。

ジリアンはその陽気なピエロの顔を見て、ぽつりと呟いた。

「可愛《かわい》い」

暗かった顔が、そのワッペンにつられるように、くすっと笑顔に変わる。エミリアは嬉《うれ》しそうに聞いた。

「新作。気に入った？」

「……うん！」

ありがと、とジリアンは小さな声で付け足す。

「なんでだろう？　私が作ると、お姉ちゃんみたいに可愛く作れないなぁ」

「そんなことないでしょ。ほら、ジリアンのは、んー……味があるっていうか」

「それ褒《ほ》めてなーい！」

頬《ほお》をふくらませたジリアンに、エミリアは楽しそうに笑い声を上げた。

「ほんとにそんなことないって。私、ジリアンに作ってもらったワッペン、気に入ってるもん」

エミリアの洋服の胸元には、ジリアンが作ったワッペンが縫いつけられている。ジリアン自身はそれをあまり気に入っていなかった。姉がいつも鍵を模したペンダントをつけているので、それと揃いになるように錠前《じょうまえ》の形を作ったのだ。だが刺繍はがたついているし、サイズも小さくなってしまった。

「他にも、誰かに作ってあげたら？」

エミリアはそう提案した。ふわっと笑うと、明るい言葉を口に乗せる。

「こんなちょっとのことだけど、なんか笑顔になっちゃうでしょ？」

姉の言葉を、ジリアンは胸の中で嚙みしめる。

ここは、最低の場所だ。けれどその中でも、エミリアは〝誰かを笑顔にできること〟を見つけられる精神を持っている。そういう姉が、ジリアンは好きだった。

「うん！　私もたくさん作る」

もっと練習しなきゃな、とジリアンは姉が作ってくれたワッペンを見つめる。

（どこにつけよう？　帽子につけても、可愛いかも）

考えを巡《めぐ》らせるジリアンを、エミリアは隣を歩きながら見つめ、目を細めた。

ジリアンは、この猟場《かりにわ》に連れてこられた時の絶望をよく覚えていた。
現実を受け入れられなかった。なんで自分達がこんな目に遭《あ》うのだろうと思った。
幸せな家へ迎えられるのだと思っていた。一緒に育った仲間と離れるのは寂しかったが、
一人で旅立つわけではない。姉も一緒に行けると知って、ジリアンは出立《しゅったつ》の日を指折り数

えて楽しみにしていた。

だが連れてこられた場所は、怪物達のための密猟場だった。

狩人《かりうど》は仮面の化け物。

獲物は、自分達人間。

捕まれば――死ぬ。

夢見ていた暮らしは崩《くず》れ去《さ》り、どんなに戻りたいと願っても、もう元いた場所へ帰ることもできなかった。

物づくりの得意だった姉が、オリバー達の手伝いをするようになったのは、猟場《かりにわ》に来てそれほど経たないうちだった。

ワイヤーやバネなど、限りある材料で罠の仕掛けをいくつも考案し、怪物達に知られないように試していった。

罠のアイディアや製作についてもだが、エミリアが他の仲間より秀《ひい》でていたのは、その根気の良さだった。〝狩り〟のたびに怪物達の動きの情報を集め、分析し、計画の精度を上げていく。ジリアンは姉のノートに、びっしり書き込みがされているのを知っている。

『私はジリアンみたいに運動神経がいいわけじゃないし、銃の扱《あつか》いもうまくないから』

エミリアはそう言って肩をすくめた。

『だから他のことで、力にならないと』

まるで自分がしていることは、他と比《くら》べれば些末《さまつ》なことだとでも言いたげだったが、ジリアンはそうは思わなかった。

気が遠くなるような地道な作業を、投げ出さずに続ける姉を、ジリアンは尊敬していた。

（直接は、言わないけど……）

ジリアンは一緒に育った姉を横目で見て、ふふっと笑う。

このまま計画実行の日が訪れるまで、姉も自分も、生き残っていけると思っていた。

今日まで大丈夫だったのだ。明日も、明後日《あさって》も、絶対に——大丈夫だ。

絶望を知らせる、明るい音色《ねいろ》が響き渡る。

広場から散り散りに子供が消えていった。ナイジェルもララとともに、いつものように森に逃げ込んでいた。

その日も、ナイジェルは当然うまく逃げ切れると思っていた。

たとえそれが、誰か他の仲間が犠牲になることだとしても。

いつかの勝利のため、相手が油断し続けるまで、無抵抗で殴られ続ける——その戦いを続けるのだとナイジェルはもう覚悟を固めていた。

だが、妹のララは違った。

「はぁ、はぁ、は……」

ナイジェルは走りながら、隠れるのに適した茂みを探す。確かあそこの低木は、その根元の地面が低くなっており身を隠しやすかったはずだ、と思い出す。風向きも問題ない。

「ララ、あそこに隠れるぞ」

「うん」

葉陰《はかげ》で身を隠すと、ナイジェルもララも大きく息を吐き出した。

呼吸を整える間、ナイジェルは次の移動場所の候補を考える。一か所に長くとどまるのは危険だ。囲まれた時に逃げられなくなる。怪物達が近くへ来る前に、また走り出さなければいけない。

ナイジェルが頭の中で、現在地と森の地図を照らし合わせている時だった。

「ギャアアアアアッ」

背後から絶叫が聞こえた。

つられて「ひっ」と悲鳴を上げそうになった妹の口を、慌てて押さえる。ナイジェルは茂みの中で身を固くさせた。そっと葉の間から確認する。

大きな怪物の背がいくつも見えた。だが距離は十分にある。ここが見つかることはないだろう。

「ア、ァアアッ、助けてぇえ!!」

金切り声が空気を裂く。

「ほぉら、助けてって言ってるぞぉ」

げらげらと、笑い声混じりの声が聞こえてきた。鈍《にぶ》い音が続き、再びむせるような悲鳴が上がった。その怪物の声には聞き覚えがあった。

(ルーチェだ)

ナイジェルは歯噛みした。他の怪物に比べれば雑魚《ざこ》だが、〝狩り〟というより、いたぶって楽しむことを目的にしている最低な相手だ。

またひとしきり、長い悲鳴が上がる。ナイジェルよりも年下の仲間が、目の前で殴られているのだ。

(くそ……)

ナイジェルは憎悪《ぞうお》に表情を険《けわ》しくさせ、拳をきつく握《にぎ》り締《し》めた。

ナイジェルには、それが自分達をおびき寄せるための罠であることはわかっていた。

一瞬でとどめをさせるのに、こうして痛めつけ叫ばせることで、別の子供が出てくるのを面白がっているのだ。最後には痛めつけていた子供も出てきた子供も、嬲《なぶ》り殺《ごろ》しにしてしまう。

だから助けに出ていくわけにはいかなかった。

そこでナイジェルは、自分の手が濡《ぬ》れているのに気づき、はっとした。抱きかかえた妹を見下ろす。

懸命に叫びを堪えながら、その大きな瞳から涙をぽろぽろとこぼしていた。

「た……げ、よ」

「……ララ……？」

「助けて、あげようよ……可哀想《かわいそう》だよ……」

音を立ててはいけないとわかっているので、ララは鼻をすることもせず、か細い声でそう言った。

ナイジェルは目を見開く。

言わねばならない言葉を、口にしようとする。

『これはあいつらの罠なんだ』

『今助けに出ていっても、自分達の身が危険にさらされるだけだ』

だから、ここで隠れて、仲間が殴られているのを、見て見ぬふりするしかないんだ、と。

ナイジェルは引きつる唇を、持ち上げた。

（そんな兄貴……）

ダサすぎだろ。

「わかった」

すべきではないと頭の中では警鐘《けいしょう》が鳴っていた。自分の身を危険にさらすだけではない。離れることでララにまで危険が及ぶ可能性もある。だがナイジェルは、妹に笑いかけ、言った。

「ララはここにいろよ。絶対に出てきちゃダメだからな」

「うん！」

ララは涙に濡れた顔で、大きく頷いた。ナイジェルは身を低くしたまま、足音を立てないよう物陰《ものかげ》を移動していく。

身を隠していたその茂みの後ろ、巨大な影が潜《ひそ》んでいるのに、ナイジェルは気づかなかった。

ジリアンは森の中を走っていく。

自分の斜め前を、姉のエミリアが駆け抜ける。

「前回の足跡から考えると……」

今回の〝狩り〟でもまた、エミリアは木に印をつけていた。ジリアンは姉が作業をしている間、周りに注意を払う。

「お姉ちゃん、風向きが変わった。これ、足音かも……」

ジリアンが耳を澄ませ、そう言いかけた時だった。森の中に悲鳴が響き渡った。ジリアンとエミリアは同時に肩を跳《は》ね上《あ》げ、身を強張《こわば》らせた。叫びの聞こえてきた方角へ視線を向ける。

「近い……」

ジリアンはごく、と唾《つば》を飲んだ。悲鳴はつまり、敵が近いということだ。逃げなければ、と当然のように思考する頭に、ジリアンはうんざりする。

助けに行くことができない自分が、不甲斐《ふがい》なかった。

ナイジェルは、木の陰から怪物に囲まれている子供の様子を確認した。出血はあるしおそらく骨も折られているだろうが、まだ動けている。乱れそうになる呼吸を整えると、怪物達の前に飛び出した。

「キャハッ、出てきたぞ！」

椅子に座って見物していたルーチェが、持っていた刃物を楽しそうに振り回す。

「逃げろッ!!」

ナイジェルは倒れている子供に叫び、部下達を引きつけようと駆ける。手を伸ばせば捕まえられそうな距離まで近づいた。だがその時、さっきまでいた部下達が数人いなくなっていることに気づいた。

「馬鹿だなぁ……」

ルーチェはいたぶっていた子供に、飾りのついたその刃《やいば》を振り下ろす。断末魔の悲鳴を上げて、ナイジェルが助けようとしていた子供は目の前で殺されてしまう。

「くそっ」

仮面の下、ルーチェはその口を、笑みを浮かべたまま動かす。

「……狙いはお前じゃないんだよなぁ」

ナイジェルはその言葉を聞いた時、感じたことのない戦慄《せんりつ》を覚えた。

弾かれるように自分が移動してきた場所を振り返る。顔を向けた時には、聞き慣れた声で、甲高《かんだか》い悲鳴が聞こえてきた。

「お兄ちゃん!!」

「ララッ!!」

ナイジェルは地面を蹴《け》って、元いた場所へ駆け戻った。

（嘘《うそ》だ、やめろ、やめてくれ）

隠れていた茂みから、部下の怪物達によってララは引きずり出されていた。

駆け寄ろうとするナイジェルを、部下の一人が払いのけるように殴った。地面に叩《たた》きつけられ、帽子の上につけていたゴーグルが割れる。

「ぐあっ！」

「お兄ちゃん！」

ララは傷ついた兄を見て悲痛な声を上げる。

「ほぉら、逃げられるよ」

妹を摑《つか》んでいた巨大な手が緩《ゆる》み、ララはその場から足をもつれさせながら飛び出した。

「ララ、こっちだ！　走れ‼」

ナイジェルは立ち上がり、無我夢中で妹の元へ駆け寄る。

「ほらほら、早く逃げないと捕まえちゃうよ」

怪物達は手を伸ばし、ララを摑もうとしては逃がす、を繰り返す。

「いやだ！　こわい！　助けて‼」

「ララッ！」

ナイジェルは手を伸ばすが妹に届く前に、その体が浮かび上がった。

巨大な怪物の手に掴み上げられ、ララは悲鳴を上げた。ナイジェルは絶望に顔を歪《ゆが》めた。

「キャハハハハ」

ルーチェは見物しながら、片手を上げて部下へ合図する。興味を失ったように、ナイフの装飾をいじりながら告げた。

「もういいよ、楽しめたから。ほらお前らは、次の獲物を探してこい！」

主人の命令に、巨体を揺らして数人の部下はこの場を離れる。残った部下がララの体を、ルーチェの方へ高々と投げた。

ナイジェルは息が止まった。

「待……っ」

宙に放り投げられたララに、ナイジェルは手を伸ばす。だが届くはずもない。

「ありがたく思えよ」

ルーチェは笑うと、ナイフを掲げた。その刃がぎらりと光を返す。

「お前はボクが直々《じきじき》に殺してやるんだからさ！」

ナイジェルは絶叫した。

「やめろ―――ッ!!」

にやつき笑いとともに、その刃は、容赦《ようしゃ》なく振り下ろされた。

森の中を移動していたジリアンとエミリアは、知っている声が聞こえてくるのに、身を固くした。

「この声……ナイジェル……？」

とっさに、声のした方へ向かおうとするジリアンの手首をエミリアは掴む。

「ジリアン、だめ。すぐ離れないと」

「でも、お姉ちゃん」

訴えるジリアンに、エミリアは安心させるように頷き返す。

「大丈夫……ナイジェルならうまくやるはず」

それから周囲へ鋭い視線を向ける。

「早くここを離れないと、私達も」

その時、ジリアンの立っているそばの、木の背後に影が差した。

「！　ジリアンッ！」

エミリアは、その怪物の爪が妹に届く前に、自身の体を滑り込ませた。ジリアンが気づいた時には、目の前で赤い色が舞った。姉の体が倒れていく。

「お姉ちゃん‼」

悲鳴を上げて、ジリアンは倒れた姉のそばに膝をついた。

影が周りを囲む。ずんぐりとした巨軀《きょく》は、ルーチェの部下達だった。

「……ジリアン、逃げて」

「いやだ、いやだよ」

その体の下から、みるみる鮮血が溢《あふ》れ広がっていく。ジリアンはパニックになって呼びかける。

「お姉ちゃん!!」

部下達の後ろから、ルーチェが姿を現す。ジリアンはその手に握られたナイフに、すでに血を拭《ぬぐ》った跡があることに総毛立《そうけだ》つ。

「やった、二人いるじゃん！　じゃあああれやろうかな」

ルーチェは耳障《みみざわ》りな声で喋《しゃべ》ると、姉のそばに膝をつくジリアンに近づいていった。顔を上げ、エミリアは必死に口を動かす。

「ジリ、アン……逃げ、て」

「そうそう、逃げてねぇ？」

ルーチェの口から出てきた言葉に、ジリアンはたじろぐ。

「は……？」

巨大な影が目の前に立つ。足がすくんで、ジリアンはただその場から見上げることしかできなかった。

「キャハッ、10秒あげるよ」

ルーチェはそう言った。

仮面の穴から覗く目を、ジリアンはその時初めてはっきりと見た。

そこにはただ、愉しんでいる感情しか映っていなかった。自分達への敵意や、狩りに対する真剣さもない。

穴の中の瞳が、にぃと笑みの形になる。

「お前が10秒逃げられたら、こっちの人間も、殺さないでいてあげるよ」

ルーチェは握った刃を姉の方へ向ける。

「！」

血を流しながら、エミリアは妹へ視線を向けた。その双眸《そうぼう》から涙が溢れる。

「ジ……リ、アン……」

その瞬間、ジリアンはこれしかないと決意する。歯を噛みしめ、地面を蹴った。

「キャハハッ、そうこなくっちゃ！」

歓声を上げたルーチェは、部下達へ刃物を振り回して命じる。

「追え!!」

ジリアンの逃げ去った方向へ部下達が走り出す。

背後から無数の足音が近づいてくるのを聞きながら、ジリアンは森を走った。

「いーち」

数え始めたルーチェの声が聞こえてきて、ジリアンは歯噛みする。わざとらしく、遅い1秒。だがどんな策を講じたところで、自分一人で、あの怪物達を相手にしても姉を助け出すことはできない。

他と違い、この怪物は〝遊び〟を重んじる。他の怪物相手でなかっただけ、まだ二人で生き残るチャンスがあるとジリアンは思った。

(私が、捕まりさえしなければ)

10秒を逃げ切ればいいのだ。

「……さーん、しーい」

(なら、勝ってやる……)

ジリアンは森の中をじぐざぐに飛び駆ける。部下の怪物達の体格を考え、捕まりそうになる前に木と木の隙間《すきま》を通り抜け、小回りを生かした。敏捷《びんしょう》なその動きも、だがいつまでももたない。徐々にスピードが落ちていく。

「ろーく、しーち」

あと3秒。たったの、3秒。そう思うのに、永遠に終わらないように感じられた。ジリアンは限界の近づく呼吸を繰り返す。手足を動かしながらも、そのまま体がバラバラになりそうだった。

(もう、走れない……ッ)

足を踏み出し損《そこ》ね、そのまま前のめりに倒れていく。背後から怪物の手が振り下ろされる、空気を揺らす音が聞こえた。

「じゅう！」

ジリアンを追いかけていた部下達はそのカウントとともに動きを止めた。

「はぁッ、はぁ……ッ」

荒い息を繰り返しながら、ジリアンはその場に倒れ込んだ。

(逃げ……切った……)

そのまま暗くなりそうな視界を振り切り、震えながら立ち上がる。すでにその場に、怪物達の姿はない。

よろめきながら、元の場所へ戻ってくる。

「約束通り……10秒、逃げ切ったわよ。お姉ちゃんを……返して」

ジリアンは痛む肺を押さえ、ルーチェを睨《にら》んだ。だが次の瞬間、その場に凍《こお》りついた。

「え？　なぁに？」

地面に横たわる姉の胸には、深々と刃が突き立てられていた。

苦悶《くもん》の表情で、エミリアは絶命していた。

「そんな、なん……で……」

ジリアンは後ずさり、掠《かす》れた声を漏らす。

その顔を見て、ルーチェは満足そうに口を開く。

「馬っ鹿だなあ！　見捨てたりしたら、殺されちゃうに決まってるだろ！」

ほんっと、人間って馬鹿！　と、甲高い笑い声が森の中に響き渡った。

ジリアンはその哄笑《こうしょう》にただ、立ち尽くすことしかできなかった。ルーチェはジリアンを、その長い爪で指さした。

「お前はそいつを見殺しにして、自分だけ逃げ切ったんだよ！　キャハハッ、おめでとう！」

ルーチェは手を叩いて、部下達の用意した輿《こし》に乗り込んだ。

姉の胸から刃が抜かれ、部下によってその体は持ち上げられる。

「待って。そんな――いや！」

ジリアンはその後を追おうとした。だがもう足に、力が入らなかった。走り出そうとしてよろめき、その場に倒れる。高笑いと足音が去っていく。

「う、ぁ、あああ、お姉ちゃん……ッ」

ジリアンは敵を喜ばせるだけだとわかっても、喉《のど》から溢れ出る悲鳴のような泣き声を、抑《おさ》えられなかった。

〝狩り〟の終わりを告げる音楽が、その慟哭《どうこく》に重なった。


音楽が、鳴った。

狩りの終わりを告げる音を、ナイジェルは頭の遠くで聞いていた。

「なん……で」

ナイジェルは目の前の血だまりを見下ろす。地面は一面、土も草も赤く濡れていた。

全部、妹の血だ。

そこに体は残されていない。ナイジェルはどさりと膝をついた。飛び散った血に指を浸《ひた》し、掻き集めるように爪を立てる。

「嘘だ……」

ナイジェルは目の前の現実を受け入れられずにいた。

これは何かの間違いか悪い夢で、広場に戻ったら、いつも通りララがいる気がした。友達を心配し、自分は妹を元気づけるためにまたあの花畑へ連れていってやり、一緒に四葉のクローバーを探してやる。

『お兄ちゃん！』

ララの笑い声が頭の中で聞こえてくる。

「………」

ナイジェルは自分の手を見た。赤く汚れ、震えの治まらないその手には、握った時の温かい妹の手の感触がまだ残っている。

（守れなかった……）

両目から溢れる涙を、ナイジェルは拭いもせずそのままにした。

風車へ戻ってきたナイジェルは、まだ血で汚れた手のまま、作業部屋へ向かった。

「ナイジェル」

尋常《じんじょう》ではない表情に、オリバーとザックがその後を追いかけた。

部屋の中、ナイジェルは荒々しく棚を漁《あさ》り、部品を足元へ落とす。その様子に、入り口からオリバーは声をかけた。

「何してるんだ」

その声にナイジェルは振り返った。

その手には、改良した銃が握られている。

「ララの……仇をとる……」

ナイジェルは落《お》ち窪《くぼ》んだような暗い目で、仲間達を見つめ返した。

「あの怪物を殺してやるんだ!!」

携《たずさ》えた銃にオリバーは手をかけた。ナイジェルはそれを払いのけようと思ったが、その手はしっかりと銃を押さえて動かせなかった。

「ダメだ」

オリバーの言葉を聞き、ナイジェルは噛みつくように叫んだ。

「今の戦力でもやれるだろ!! なんで、なんで戦わないいんだよッ!」

険しい表情を浮かべていたオリバーは、静かに友の名を呼ぶ。

「ナイジェル」

その声に怒気《どき》はない。だが厳しく、有無《うむ》を言わせないものだった。

「まだ、今じゃないんだ」

「今じゃ、ないって……」

ナイジェルは言い切る仲間の言葉に、絶句した。

ララは死んだのに。殺されたのに。ナイジェルは身を折って叫んだ。

「じゃあ、いつなんだよ!! そんな日、来るのかよ! もっと早く行動を起こしてたら、あいつは死ななかったかもしれないだろ!!」

それはずっと、思い続けてきたことだった。

強大な敵を前に、自分達はひたすら削《けず》られ続けてきた。どんなに傷だらけにされても、それでも反撃は許されずにいた。堪えて、誰かを失い続けてきた。

もっと早く行動を起こしていたら。

それはこの猟場《かりにわ》の誰もが、〝狩り〟のたびに、ずっと味わい続けてきた感情だった。

「なんでだよ!? オリバー!! 誰も手を貸してくれないのか!? なぁ!?」

その場にいたザックも険しい顔をしていた。

「だめだ」

冷たく首を振られ、ナイジェルはぶつけようのない感情に顔を歪めた。

ずっと同志だと思っていたのに。

「わかったよ……」

「ナイジェル」

なお諭《さと》そうと声を発したオリバーに、ナイジェルは怒鳴《どな》った。

「ほっといてくれ‼」

小さく息を吐く音の後、扉が閉められる音が響いた。


与えられた作業部屋で、ナイジェルは何もせず、ただ膝を抱《かか》えていた。

今が真夜中なのか、さっきから数十分しか経ってないのか、それすらわからなかった。

ふいに作業部屋のドアが開いた。誰だよ、と思ったが、すぐにかけられた声でわかった。

「ナイジェル」

名前を呼ばれて、ナイジェルは重たい頭を上げた。

ジリアンが、トレーに夕食をのせて立っていた。

「夕飯、食べてないでしょ……?」

そこに二人分が用意されているのを見て、ナイジェルは緩慢《かんまん》に首を振った。

「……ララは、もう」

いない、という言葉は喉が絞《し》まって続けられなかった。名前を口にするだけで、ナイジェルの胸に貫《つらぬ》くような痛みが広がった。

「うん……聞いた」

その隣に、ジリアンは少し距離を空《あ》けて座る。

「それは、私の分」

ジリアンは虚《うつ》ろな目で、抱えた膝に顎《あご》をのせる。

「少しでも食べろって言われてもさ、そんなの無理だよね……」

そこまで聞いてナイジェルは、はっとして顔を上げた。

「……ジリアン？」

いつも食事は、姉のエミリアとしていたはずだ。

ジリアンは服のポケットに手を入れる。どこにつけるか迷って、姉からもらったワッペンは、入れたままにしていた。

ニコニコしたワッペンの顔を見ながら、ジリアンは口を開いた。

「本当はさ、私、助けたかったんだよね……」

普段通りの、軽い口調で言いながら、その目からは涙が溢れる。

「でも、私だけ、逃げちゃった。お姉ちゃんのこと、見殺しにしたんだよ……」

ワッペンをきつく握り締め、ジリアンは抱えた膝に顔を押しつけた。

「……ルーチェだな？」

ジリアンは黙って頷いた。ナイジェルは歯を食いしばり、仲間の肩に手を置こうとした。

そこでやっと、自分のその手がまだ汚れたままなことに気づいた。握り締め、嗚咽《おえつ》を堪えてうつむく。

誰かを慰めようとした時にようやく、ナイジェルは妹の血を洗い流さなければと思《おも》い至《いた》った。

鉄とオイルの匂いに満ちたそこに、しばらく、二人分の鼻をすする音が響いた。

「…………」

ずっと黙っていたナイジェルは、ゆっくりと顔を上げた。

「……やっぱり、何もしないままなんて、俺にはできない……」

ナイジェルは、トレーの上にのったパンを手に取った。それにかぶりつく。口に押し込み、スープで無理矢理飲み込んだ。

急に猛然と食べ始めたナイジェルを、ジリアンはびっくりして見つめる。

「ナイジェル？」

口をぐいっと拭って、ナイジェルははっきりと口にした。

「ルーチェを殺す。俺だけでもやる」

「え……？」

立ち上がると、ナイジェルは作業台に一丁の銃と弾とを並べた。弾は三発だ。

「銃はできてるんだ」

その言葉に、ジリアンも目を見開く。顔なじみの少年を見上げ、腰を浮かせた。

「仮面を、割れるの？」

怪物に対抗できる銃を考案しているのは、ジリアンも知っていた。姉が相談を受けていることもあったので進捗《しんちょく》は耳にしていたが、完成したとは聞いていなかった。

「ああ、何度も試した。この銃弾を使えば、必ず鬼の仮面も割れる」

ナイジェルの言葉を聞き、ジリアンは大きく目を見開いたまま、唾《つば》を飲み込んだ。

「あの怪物を……殺せるの？」

ナイジェルははっきりと頷き返した。

「ああ、この銃なら、殺せる」

「私もやる」

ジリアンの言葉を聞いて、ナイジェルは目を見開く。

「けど」

そう言いかけたが、それはジリアンの表情を見て飲み込んだ。もうそこに迷いはない。

「ああ、わかった。次の〝狩り〟だ。二人で、復讐するぞ」

割れたゴーグルにナイジェルは手をやる。ジリアンはワッペンをぎゅっと握る。

「絶対仇をとるよ……お姉ちゃん」

ジリアンは涙を拭うと、パンを手に取る。大きく口を開いて、もう一度立ち上がるための糧《かて》を噛みしめた。


再び〝狩り〟が始まり怪物達がやってくるまで、ナイジェルもジリアンも表向きはルーカスやオリバーの意見に、納得しているふりをした。口数が少なく険しい顔をしているのは、大切な家族を失ったからだとわかっていたので、他のメンバーも無理に会話の輪に入れようとはしなかった。

「ナイジェル」

ジリアンは広場の端で、ナイジェルに声をかけた。その手には姉がずっと記録をつけ続けてきたノートがある。

「ルーチェは、いつも大勢引き連れて、ここから狩りを始める」

その地点を指さし、動きを示していく。森の中の通り道のようになっている箇所《かしょ》は、ナイジェルも頭の中に入っていた。

「だから私達は、ここで待ち伏せする」

地図のその場所を見て、ナイジェルは黙ったまま頷く。

そこは、ララが犠牲になった場所だった。

「わかった」

「私は部下の怪物達を狙う。ナイジェルはあの改良した銃と弾丸で、まずルーチェを撃って」

ナイジェルは頷く。銃はすでに、森の中へ持ち込み、隠してあった。

確認し合ったところで、音楽が鳴り響いた。あれから三日が経っていた。そろそろだろうと覚悟をしていたが、次の〝狩り〟は、とうとう始まった。

「やるぞ……」

ナイジェルとジリアンは頷き合い、森の中へ走っていった。


木の枝の上から、ナイジェルは視線を眼下へ向けていた。辺りの物音に耳を澄ます。

身を潜めてから、どれくらい時間が経っただろうか。

ふいに、ガサと草葉の揺れる音が響いた。ルーチェの部下が姿を現し、ナイジェルは笑みを浮かべた。

（予想通りだ……）

待ち伏せの位置は完璧だった。ルーチェは部下に椅子を置かせると、どかりと座って好き勝手な指示を出している。またいたぶれる獲物を探しているのだろう。

ナイジェルは枝を使って銃を固定すると、照準を合わせた。

(ララの……仇だ)

ナイジェルは狙いを定めると、引き金を引いた。

弾丸は狙った軌道をまっすぐに飛んでいく。発射された後のことは、全《すべ》てほんの一瞬だ。

だがナイジェルは、指を動かした刹那《せつな》に直感した。

(当たる!!)

衝撃音が響き、ルーチェの体が後ろへ吹き飛んだ。

「ぐあっ!!」

醜《みにく》い悲鳴を上げてその体軀《たいく》が椅子ごと倒れる。

(よし……!!)

ナイジェルが勝利に銃を下げかけた時だった。

「……くっそぉ人間め……ボクの仮面に傷がついたじゃないか!!」

起き上がったルーチェの顔には、小さく銃弾の跡が残っているだけだった。

「!!」

ナイジェルは愕然《がくぜん》とする。

「なんで――」

ナイジェルは息を呑《の》み、思わず声を漏らした。

同じく木の後ろに隠れていたジリアンもまた、予想外の事態にうろたえた。

改造した銃と弾で、実験ではうまくいった。素材が違うのか。貴族の仮面は試した部下の仮面よりも硬いのか。ナイジェルは必死に考える。実験に使ったのは、割れた部下の仮面の一部だ。しかも、目の近くではない部分だ。

だがナイジェルには、それ以上思考を巡らせている時間は与えられなかった。怪物達の視線が、一斉《いっせい》に自分の隠れる枝の方へ向き、ナイジェルは我に返る。

「あそこだ！」

ルーチェの部下達が、次々に集まってくる。

「しまっ――」

ナイジェルは逃げ場を探す。だがあっという間に木の周りを取り囲まれた。

（ナイジェルッ！）

ジリアンは仲間の危機を前にし、部下達へ向かって銃を撃とうとした。その引き金を引こうとした時、後ろから手が伸び、押さえられた。

「えっ」

振り返った先には、仲間のポーラがいた。

その時、別の木の陰から人影が飛び出す。ルーチェに向かって石を投げる。鋭く飛んだ小石が、ルーチェの後頭部に当たる。

「いてっ」

「ザック!!」

ナイジェルは叫び、木から飛び降りる。そこで腕を掴まれた。掴んだのは、サンディだった。

「今のうちに」

「でもザックが」

「あいつなら大丈夫だよ」

全ては一瞬の間の会話だ。行くぞ、とサンディが短く言うと、ザック、そしてポーラとジリアンの三手に分かれて別方向へ駆け出した。

タイミングを合わせて三方へ走り出す。そうすることで、一瞬だけ追う側が、判断に迷う時間を稼げる。

「あっ、あっ、くそ!! 石をぶつけたあいつから追え!」

ルーチェの命令で、部下達はザックの後を追いかけていく。

「その後で全員だ！　全員殺せ!!」

ヒステリックな声が聞こえたが、それはどんどん遠ざかる。ナイジェルとジリアンは、仲間に手を引かれながら気づいた。

自分達が、復讐を誓ったあの場所から、命がけで助け出されたのだということを。


音楽が鳴り、その日の〝狩り〟もいつも通り終わった。

だが、風車の中にある部屋で、仲間達を前にしたナイジェルとジリアンには、それはいつも通りの〝狩り〟の終わりではなかった。

重苦しい空気がその場を包んでいた。誰も何も言おうとしない。

ナイジェルは、その沈黙を破って、口を開いた。

「ごめん、俺……」

ジリアンもまた、肩を丸めたまま呟いた。

「私も……無茶なことして、みんなを危険にさらして」

これまで築いてきた作戦——自分達を無力な人間だと思わせ、油断させること——を、全て台無しにするところだった。

厳しい表情でジリアンを見ていた、サブリーダーのソーニャがつかつかと目の前へ歩《あゆ》み寄《よ》る。そして片手を振り上げた。

思わず目をつむったジリアンを、ソーニャは引き寄せるように抱きしめた。

「生きてて、良かった……」

普段冷静な年上の少女が、きつく腕を絞め、震える声を漏らす。

「ごめん……ごめんなさい」

見ていたナイジェルの肩をザックが叩く。

何も言わないその顔に、ナイジェルは堪えていたものが溢れ出た。

「ごめん……っ、俺が、言い出した、ことなんだ。……ただ、どうしてもあいつの仇、とってやりたくて」

嗚咽が喉を焼いて溢れた。

濡れた視界に浮かぶのは、妹の笑顔だった。

こんな過酷《かこく》な場所へ、理解できないまま連れてこられて、何度も何度も泣き、それでも笑顔を忘れなかった子だった。

(ララ……ごめんな)

平和な人間の集落へ、連れていってやると約束したのに。

「うん、そうだな……」

かけられた声に、ナイジェルとジリアンは顔を上げた。

オリバー達の後ろから、杖《つえ》をついた姿が現れる。

ルーカスの顔を見て、二人は顔を伏せた。

ここにいる誰よりも、長い時間を戦い抜いてきた人の前で、自分達の行動はあまりに軽《けい》率《そつ》に思えた。仲間も、作戦そのものも、失うところだった。

「ごめんなさい……」

二人、噛みしめた声を漏らす。ルーカスは杖を鳴らして、一歩近づく。

「わかるよ」

ナイジェルとジリアンを、ルーカスは残された片腕で抱きしめた。その腕の中で、二人は目を見開く。

「悔しいよな。そうせずには、いられなかったんだよな」

その低めた声に、ナイジェルはきつく握り続けていた拳を解《ほど》かれるような気持ちになる。自分の悲しさがあまりに大きく、他の誰もわかりはしないと頑《かたく》なになっていた。仲間が背負っているものに気づかないでいたのは、自分の方だと、ジリアンもまた抱きしめられながら涙を溢れさせた。

「だがまだ堪えてくれ」

腕を解き、ルーカスは二人の姿を見る。傷の走るその顔、その双眸には、強い意志が宿る。ルーカスは決然と告げる。

「必ず、この猟場《かりにわ》は終わらせる」

ナイジェルとジリアンはルーカスを、そして周りの仲間達を見渡す。

（ああ……）

ナイジェルは大切な人を失ってようやく気づいた。誰の目にも、今の自分と同じ痛みが宿っていることを。ジリアンもまた、復讐を誓う気持ちが、わかり合えないはずがないことを感じていた。自分達は、一人きりじゃない。

「その日は、必ず来る。たどり着いて、みせる。そのためにも、二人も力を貸してくれ」

ルーカスの言葉に、ナイジェルとジリアンは涙を拭って頷いた。何度も、何度も拭って、頷いた。

＊　＊　＊

作業部屋の椅子に座ったエマは、ナイジェルとジリアンの語る言葉に耳を傾けていた。

「そっか……」

家族を失いたくない。

その気持ちは、当然エマにも身に染みて感じられる望みだった。脱獄した兄弟達は全員無事だが、それでも失ってきた仲間がいないわけではない。

真実を知った時のコニーの姿が蘇《よみがえ》り、そして家族のため、自《みずか》ら出荷を選んだノーマンのことを思い出す。

エマは立ち上がると、作業台に用意された小銃に手を置いた。

「次の〝狩り〟で必ず、この猟場《かりにわ》を終わらそう」

ナイジェルとジリアンは頷き返す。

人間は弱いと侮《あなど》ってきた敵へ、絶対に変えられないと思い込まされてきた運命へ、弾丸を撃ち込む時が来たのだ。堪えて甘んじてきた時は終わる。

「今度こそ――」

ナイジェルもまた、作業台に並んだ改造銃に手を置く。ジリアンも二人と同じように武器に手を添える。

あの日の誓いを、果たす時がやってきた。ナイジェルとジリアンはあの時失った笑顔を思い出し、一度目を閉じた後、見開いた。

二つの決意が、銃火のごとく、その目に宿る。

二《ふた》つの運命《うんめい》

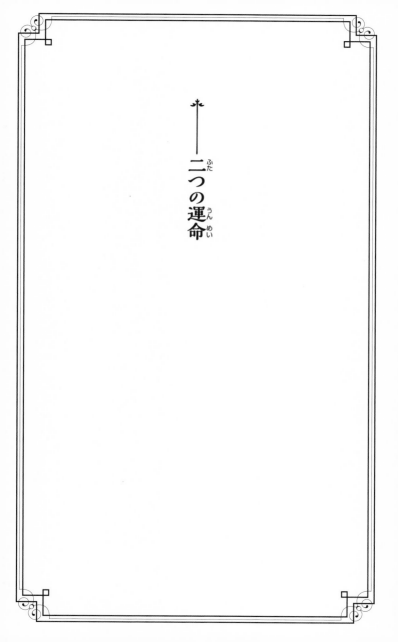

思考が形作れず、霧のようにぼやけていく。

男は地を這《は》い、伸ばした自分の腕を朦朧《もうろう》と眺《なが》める。それがなぜ、虫のように醜《みにく》く歪《ゆが》んでいるのか、理解ができない。

確かに少し前まで、この身は堪《た》えがたい焦燥《しょうそう》と恐怖に苛《さいな》まれていたはずだ。その理由が、今は思い出せない。それどころか、自分が何者であるのかも、周《まわ》りの朽《く》ちた家々が故郷のそれであるということも、助けたい家族がいたことも、何も思い出せなくなっていた。

ただひたすら、空腹だった。

その男の視界の先に、ぼんやりと影が見えた。

目を凝《こ》らすと、それはフードをかぶった少女のようだった。

あれは食べられるものだ、食べたい、という単純な思念だけが湧《わ》くが、もう体が動かない。乾いた口で、何か言葉にならないことを口走る。

目の前までやってきた少女は、痛ましい男の姿に、その仮面の中の瞳を揺らした。

「私の血を飲んで」

　ムジカは、退化しかけている男の前に膝《ひざ》をついた。荷物の中から短刀を取り出すと、躊躇《ためら》いなく自分の手首を切り裂く。溢《あふ》れ出《だ》した血を椀《わん》に移すと、男の口に運んだ。

　男は与えられた血を口に含んだ。

　ずっと体を蝕《むしば》むように感じていた飢餓《きが》感が消え、頭にかかっていた靄《もや》が晴れる。

「あ……」

　男は呆然《ぼうぜん》と、目の前にいる少女を見つめる。何が起こったのかわからなかったが、すぐにどうして体を引きずって、ここまで這ってきたのかを思い出した。

「助けてくれ！　家族が！　それに村の仲間も！」

　農園からの人肉の供給が途絶《とだ》え、この村は小さな子供に至《いた》るまで、身体《からだ》と知能の退化現象に襲われていた。

　縋《すが》りつくように助けを乞《こ》う相手に、ムジカは穏《おだ》やかに告げる。

「大丈夫。もう心配いらないわ」

　垂《た》れ込《こ》めていた雲が切れ、ムジカの背から日の光が差し込む。

「あなたの血にももう、私と同じ力があるから」

　その言葉に、男はゆっくりと自分の手を見た。

　見つめた手はすでに、変化する前の元の形へと戻っていた。

三〇〇年前この世界では、人間と、ある種族との間で、一つの〝約束〟が結ばれた。

延々と争い、殺し合っていた両者は、世界を二つに分け、行き来を禁じることで戦いを終わらせた。そして人を狩り、人を食うことでその姿と知能を維持してきた種族達は、人間を狩らない代わりに農園を作った。食べるための人間を養殖する機関だ。

だが、設立したばかりの農園は数も少なく、そこで収穫された人間だけでは、増えた民《たみ》全《すべ》ての食料を確保することはできなかった。

質の高い人間の肉が手に入らない辺境の地から、順々に退化が始まっていった。

体に取り込んだもので、一世代のうちに姿形、それどころか知性まで変化していく種族達にとって、人間を食べること以外にその治療法はないと考えられてきた。だが良質な肉は王族や貴族によって独占されている。目の前で家族が苦しんでいようと、貧しい村の者達に、できることは何一つなかった。

そう思われてきた。

「ああ、救世主だ……」

退化の症状が出て苦しんでいた子供は、今は母親の腕に抱かれて、穏やかに眠っている。同じように退化し始めていた母親も、その体は元に戻っていた。

二人を抱くようにしていた父親が、ムジカとその仲間達を振り返る。

「本当にありがとうございます」

「これで村の者はみな、もう何を食べても退化に怯《おび》えなくて済む……」

安堵《あんど》し、頷《うなず》き合う住民達を見て、ムジカの顔にも笑《え》みが広がる。

「……良かった」

ムジカは幼い子供の頬《ほお》に触れ、微笑《ほほえ》んだ。

旅装を整えていた仲間が、荷物を背負って立ち上がった。

「ムジカ、そろそろ次の村へ行こう」

「うん」

仲間に声をかけられ、ムジカは立ち上がる。ともに旅するのは血縁だけではなく、血を分け与えたことで同じ体質《ちから》を手に入れた家族だ。

住民達に何度もお礼を言われながら、その村を去ろうとしたところだった。

遠くから、微《かす》かに、地鳴りのような音が聞こえていた。

「何の音だ？」

それが、無数の蹄《ひづめ》の音だとわかった時には、村に押し寄せる兵の姿が見えていた。

「なんだ!?」

「兵士……!?」

先頭を駆っていた男が、ムジカ達の姿を見て、にやりと笑った。兵を率《ひき》いる将軍ドッザは、野太い声で叫ぶ。

「いたぞ!! 異端の者は生《い》け捕《ど》りにしろ! 邪魔する平民は殺せ!!」

その声に、兵の矛先《ほこさき》が一斉《いっせい》にムジカ達へ向いた。

「ムジカ、逃げないと!」

走り出したが、すでに兵達により村は包囲されていた。粗末な建物を蹴《け》り崩《くず》すような勢いで、騎兵が迫る。

「みんな、救世主様達をお守りしろ!」

見送りに集まっていた村民の一人が、大きな声を張り上げた。誰もが声をかけられる前に、行動に移っていた。

「家族を助けていただいたご恩だ」

「今のうちにお逃げください!」

まともな武器も持たないまま、兵達の前へ立《た》ち塞《ふさ》がる。馬上の兵達は訓練され、その手にはよく研《と》がれた刀剣が握られている。勝ち目などあるわけがない。

「やめて!!」

ムジカは悲鳴を上げた。目の前で、助けた住民が切り裂かれる。さっき、家族の無事を喜んで、自分に泣き笑いの顔を見せてくれた父親だった。

(助けられたのに……!)

やっと退化から解放された住民達が、次々と犠牲になっていく。

「ムジカ!!」

駆け寄ろうとするムジカを、仲間が腕を掴《つか》んで引《ひ》き留《と》める。そのまま手を引いて逃げようとするのを、ドッザは見逃《みのが》さなかった。馬の向きを変えると、槍《やり》の柄《え》でムジカを抱いた仲間を殴《なぐ》る。

「ぐあッ!」

「ハハハッ、逃がさねぇよ!」

獣《けもの》を捕《と》らえるように、ムジカ達の体に縄《なわ》がかけられた。

その姿を見下ろし、ドッザは仮面の下から覗《のぞ》く目を卑《いや》しく細めた。

「……はっ、これであのギーラン卿《きょう》もおしまいだな」

脳裏《のうり》には、城から自分を送り出す時の主君、ギーランの姿が浮かんでいる。

『彼らの力が本当《まこと》なら、民の飢《う》えを何とかできる——』

それは民の未来を憂《うれ》う、領主として正しい姿だ。ドッザは低い声で呟《つぶや》く。

「飢えを何とかされちゃ、農園が困るんだよ」

この任を自分に託《たく》した主君の清さと愚かさを、ドッザはせせら笑った。


王都は周囲を巨大な堀によって囲まれている。

渡された橋からしか行き来は叶《かな》わず、外門から中に入ればそこには無数の市《いち》や住居が立ち並んでいる。入り組んだ市街を抜けると、堅牢《けんろう》な内門が見えてくる。その中には、貴族の館《やかた》と、そして王族の暮らす城がそびえていた。

悠久《ゆうきゅう》の歴史を刻む王城は重厚な空気を湛《たた》えているが、中で働く者達は、今日《きょう》はどの顔にも浮足立った気配があった。

一人の従者が、もう一人を引き留め囁《ささや》く。

「おい、あの知らせは本当なのか？」

「ギーラン卿の謀反《むほん》だろ？」

耳の早い宮仕《みやづか》えの従者達は、五摂家《ごせっけ》の一人であるギーラン卿が捕らえられ、処刑を待つ身となっていることに驚きを隠せないでいた。

政治に関わる、貴族階級の最高位にあたるのが五摂家だ。中でもギーラン卿は、最も豊かで広い領地を預かり、忠臣として名高い。下級の従者達の中にも、思慮深く、物腰の柔らかな印象が強く残っている。

「一体どういうことなんだ？　妖《あや》しい血の者って」

「家臣のドッザ様が捕らえて、今この城の地下に幽閉《ゆうへい》されているらしい。病毒を広める血を持つらしいが」

そこで従者は、声を落として囁いた。

「……噂《うわさ》じゃ、その血を分け与えて、退化した平民を救っていたとか」

「血で？　人肉も食べずにか？」

「ああ」

そこで察しのいい従者は仮面の下の顔を苦《にが》めた。

「なるほど……そりゃあ王政府が黙っちゃいないな」

〝約束〟を結び、農園という体制を推《お》し進《すす》めてきた現王政の狙いは、それによって平民を支配できるからだ。

人肉によって形質を維持している種族を統治するには、農園は画期的な仕組みだ。いつ誰に、どれだけの供給をするか管理《コントロール》することができ、庶民《しょみん》が力を持つことを抑制できる。

その血の効力が本当であるなら、王政府には最も邪魔な存在となる。

「しかしギーラン卿が処刑とは……」

「大僧正《だいそうじよう》様方が政治《まつりごと》を離れられてからも、ギーラン卿によって、なんとか均衡《きんこう》が保たれてきたようなものだというのに」

これまでも、王政府による、敵対する勢力への粛清《しゆくせい》は幾度《いくど》となく繰り返されてきた。人間側と結んだあの〝約束〟や農園制度を、原初信仰への冒瀆《ぼうとく》と主張し、王政府に盾突《たてつ》く者は数多くいた。だが全て力によってねじ伏《ふ》せられてきた。

しかし今ここで、政治の一翼を担《にな》うギーランの処刑――実質の抹殺《まつさつ》が行われるのは、大きな意味を持つ。歴史ある五摂家でさえ、邪魔になれば消されるのだ。これほど効果的な見せしめはない。この先、王政府のやり方に異《い》を唱《とな》える者は誰一人としていなくなるだろう。従者の一人はさらなる独裁の予感に震える。

「……これじゃ前王様時代の方が、まだマシだったな」

「しっ、聞かれるぞ」

下働き達が行《ゆ》き交《か》う城の下層部とは言え、どこで誰が耳にしているかわからない。

「陛下を除いて、前王様の子で生き残っているのは、後はレウウィス大公《たいこう》だけか……」

直系筋に当たる五男レウウィスは大公の地位には就《つ》いているものの、政治に関心はなくほとんど王都へ寄りつくことはない。兵を従え、戦場へ出向く必要がない時代になってからは、なおさらだ。今回、ギーランの処刑に際して呼び出されているとの噂だが、あの気まぐれな性格では、本当に顔を見せるかどうかは下《した》っ端《ぱ》の従者達にはわかりかねた。

「したたかで、頭の切れる方だからな」

「そうだな……そういう方だから生き延びておられるのだ」

従者達は嘆息《たんそく》し、謀反の罪を着せられた慈悲深《じひぶか》い領主の顔を思い浮かべる。

そしてもう一人、かつて頑《かたく》なに信仰を貫《つらぬ》こうとした、王族の少年の姿もよぎっていった。

彼は前王の血を引くが、兄姉達のように威圧的な振る舞いをすることはなく、下級の従者にも丁寧に接してくれていた。

だが〝約束〟以後も信仰を守り、決して養殖された人肉を口にしようとしなかった。

信仰の教義では、神がつくり出した命だけが、口にしていい糧《かて》とされていた。だが〝約束〟の締結《ていけつ》によって世界は分かたれ、もはやこの世界に自由に生きる人間はいない。彼らを狩ることはできなくなった。そんな世界で信仰を貫けば――人肉を食べなければ、待っているものは明らかだった。

従者達は当時を思い出し、寂《さび》しげに呟く。

「ソンジュ様が亡くなられて、もうずいぶんになるな……」

城門の方から微かに、客人の到来を告げる音色《ねいろ》が聞こえてきた。

城の扉が歓待の演奏とともに開く。

「レウウィス大公、ようこそお越しくださいました」

出迎えの家臣達を眺め、レウウィスは羽織《はお》った外套《がいとう》をはためかせ広間を歩き出した。黒い帽子のつばを引き寄せ、仮面の下、鼻で笑った。

（やれやれ……ようこそ、か）

姉の――現女王の勅令《ちょくれい》で呼び出されれば、来ないわけにはいかない。それも呼び出しの内容は、ギーランが謀反の廉《かど》で野良落《のらお》ちの刑に処されるというものだ。

（いずれこうなるだろうとは思っていたが）

今の王政府にとって、清廉《せいれん》な領主は遅かれ早かれ目障《めざわ》りになるだろうとレウウィスは読んでいた。邪魔になった者の末路は、前王時代からこれまでも何度も目にしてきた。

とは言え、ギーランほどの忠臣だ。その処刑はこの先、巨大な波紋や軋轢《あつれき》を生むだろう。

「ふ……姉上にも困ったものだ」

含みを持たせた物言いにそばにいた王城の家臣は眉《まゆ》をひそめるが、レウウィス相手では諫《いさ》めることはできない。狩りに興《きょう》じて、ほとんど王都には寄りつかないとは言え、正統な王家筋の大公である。

到着後は面倒な女王への挨拶《あいさつ》があるかと思っていたが、それは今宵《こよい》の晩餐《ばんさん》でと家臣から言い渡された。レウウィスは久しぶりの城をゆっくりと見て回った。

城にいくつもある空中回廊の一つに差しかかった時、レウウィスはそこに立つ、見慣れた仮面の者に気がついた。

「ずいぶんと早い到着だね、バイヨン」

声をかけられ、五摂家の一人であるバイヨン卿は振り返る。伝統的な仮面と装束《しょうぞく》に身を包んだバイヨンは、レウウィスの姿を見て目礼する。

「レウウィス大公、来ておられましたか」

彼らは〝約束〟以前からの知己《ちき》であり、レウウィスが王都を離れている間、しばしばバイヨン領へ赴《おもむ》き、逗留《とうりゅう》することも多かった。

「議会があったので。そのまま滞在しておりました」

バイヨンの答えに、そうか、とレウウィスは頷き返す。旧友の視線が、晴れた景色ではなく、ここから見下ろすことができる、地下牢の入り口へ向けられているのにレウウィスは気づいていた。

バイヨンは手すりを静かに握る。

「……議会で、ギーラン卿は陛下へ国庫を開くように提案されたのです。民の現状を訴え、援助をすべきだと。民あっての統治だと……」

バイヨンは嘆息するように呟く。

「……私も、その考えは間違っていなかったと」

「バイヨン」

遮《さえぎ》るように呼ばれ、バイヨンは口をつぐんだ。レウウィスは隣に並び、告げる。

「これでイヴェルクを除けば、五摂家で最も力を持つ領主は君となる。もし欠ければ、政治はいよいよ立ちゆかなくなるぞ」

ギーラン卿の二の舞は避けろと言外《げんがい》に含ませて、レウウィスはそう言う。

「はい……」

「しかし、そうか……発端はともあれ、議会でのその発言だけで、ギーランほどの大物を謀反とするにはいささか無理があるな。内情を聞いているか？」

レウウィスは仮面に手をやる。その読みに、バイヨンは内心驚きつつ声を落として明かした。

「ギーラン卿は、妖しげな血の者を使い、王政の転覆《てんぷく》を企《くわだ》てた、ということになっております」

「妖しげな血の者……？」

レウウィスはバイヨンの放った言葉を聞き返す。バイヨンは頷いた。

「ギーラン卿は、民を救うためにある一族――正確には、一人の少女を調査させるように、配下のドッザを差し向けたそうです。なんでも、人肉を食べなくても退化しない血の持ち主だとか……。その血を一口飲めば、他者へも同じ力を与えられるという話です」

レウウィスは仮面の中の目を軽く瞠《みは》る。

「……ほう」

そういうことか、とレウウィスは目を眇《すが》める。邪魔なギーラン卿を一族もろとも始末すると同時に、民が支配を逃《のが》れる手段《すべ》を絶《た》ったというわけだ。

「失礼いたします。レウウィス大公、バイヨン卿」

ちょうどそこで王城の家臣が声をかけた。

「晩餐のご用意ができましたので、広間の方へお集まりください」

その言葉に、レウウィスとバイヨンの会話は、そこまでとなった。

晩餐の間《ま》に足を踏み入れてすぐ、レウウィスは普段と違う香りに気がついた。

「……これは」

すでにテーブルに盛りつけられたその〝食材〟を見て、レウウィスは仮面の下の表情を微かに変える。

農園産の高級人肉が並ぶと思っていたそこには、明らかに人ではないものが饗《きょう》されていた。見た目も香りも、明らかに食用児ではない。

バイヨンの方をちらりと見て、レウウィスは確信する。

(なるほど……これが、その)

席に着いた貴族達が気味悪そうに言葉を囁き交わす。

「人間ではないの……?」

「一体これは」

その時、晩餐の間に五摂家の一人、イヴェルク公の声が響いた。

「皆の者、静かに。陛下の御成《おな》りだ」

その場に緊張が走り、全員が椅子《いす》から立ち上がり、礼の姿勢を取る。

レウウィスは顔を伏せつつ、上座《かみざ》に現れた姉の姿を確かめた。

華美な髪や飾りの宝石、贅《ぜい》を尽《つ》くした装束はその地位の高さをいかんなく表しているが、そんなもので気圧《けお》されるのは程度の低い貴族達くらいだ。

現王政の最高位に君臨する、女王レグラヴァリマは、その場にいるだけで周囲を制圧するような威光を発していた。レウウィスは、本物の強者にのみ感じる、ぞくりとする高揚《こうよう》感を鎮《しず》める。

「面《おもて》を上げよ」

冷厳《れいげん》とした声音《こわね》が響き、許しを得た列席者は姿勢を解き席に着く。

イヴェルクは席に座る面々を眺め、告げた。

「今宵の晩餐は、ある特異体質の種族です。表向きは病毒の血としておりますが、この肉……いえ、血の一口でも体に取り入れれば、もう我々は決して姿が変わることはない。〝不退《ふたい》の体〟となるでしょう」

ざわつく貴族達に、イヴェルクは言葉を重ねた。

「……そして、これでこの体質《ちから》を引《ひ》き継《つ》ぐのは、我らだけとなる」

そのセリフを聞き、みるみる優越感が列席する者の顔に広がった。気味悪そうに見ていた者も、すぐにでも口に運びたいと、その皿を眺めている。

「これで、現王政の繁栄はより盤石《ばんじやく》なものとなる」

末席に座る者達が、テーブルの先を見てへりくだった言葉を口にする。

「ああ、ありがとうございます女王陛下」

「ご相伴《しようばん》に与《あずか》り光栄にございます！」

直系ではないが、王族の親類筋にあたる貴族達だ。恭《うやうや》しく脳の入った器《うつわ》を掲《かか》げる。

レウウィスは改めて席に着く顔ぶれを一瞥《いちべつ》した。ギーランを欠く五摂家とともに、分家の王族と側近達が並んでいる。現女王レグラヴァリマの支配を、より強固にするための配置だ。采配《さいはい》はおそらくイヴェルクによるものだろう。そこまで考えてレウウィスは笑う。

（まぁ、権力争いができる直系の兄弟達は、みな殺してしまったからな）

皮肉げに胸の内で呟き、レウウィスは上座に悠然《ゆうぜん》と座す姉を見る。

兄弟や家族というものは、ここでは命を狙い合う間柄《あいだがら》だ。骨肉相食《こつにくあいは》むというのは、まさに自分達にふさわしい言葉じゃないか。レウウィスはこの晩餐の光景を眺め冷笑する。

イヴェルクが口を開き、集まった面々へ告げた。

「明日《あす》はギーランの処刑だ。その後に、〝最初の少女〟をともに分かち合おう」

誰彼ともなく、賞賛の声と拍手とが女王の席へ送られる。

（まるで祝祭だな）

レウウィスは血の注《つ》がれたグラスに口をつける。忠臣の粛清も、退化を癒《いや》す力も、どうでもいいのだ。今彼らの中にあるのはただ、飽和《ほうわ》し切った欲望だけだ。

（くだらん……）

呟き、レウウィスはつまらなそうにグラスを置いた。

ムジカは冷たい石の上で、膝を抱《かか》えていた。

暗く湿った地下牢にいるのは、今はムジカ一人だけだった。最後まで抵抗し、ムジカを守ろうとした仲間の血が、点々と石の床に染《し》みを作っている。

「…………」

膝を抱き、ムジカは震えを殺す。

(私のせいだ)

貧しい村々を巡《めぐ》り、退化しかけていた住民達を救った噂は、ムジカ達が想像していた以上に広まっていたのだ。

ムジカはそれでも、心のどこかでは思っていた。民の飢えを救いたいと願っているのは、統治する側だって同じであるはずだと。自分のこの血は、王政府の食糧を脅《おびや》かすことなく、民の退化を解決できるものだと思っていた。

だが、王政府《かれら》の思惑《おもわく》は違った。

「どうして……」

ムジカは、連れていかれた仲間達がどうなったか知っている。自分だけ残されたのも、特別な〝一皿〟になるからだ。

王も貴族も、自分達のこの血の能力を独占するつもりなのだ。ムジカはやるせなく思った。

「最も、飢えることのない、地位についているはずなのに……」

誰よりもいい食料が手に入る彼らは、退化からは無縁の立場であるはずだ。それでもムジカ達の血を欲した。血だけではない、肉も、脳も、全てだ。

ムジカは仮面をつけた顔を、膝に押し当てた。どんなに悲嘆していても、牢へ入れられた今、ムジカにできることは悲しみをやり過ごすことだけだった。

明日の夜には、自分も仲間と同じ道をたどる。

「私は……何のために生まれてきたんだろう」

ムジカは掠《かす》れた呟きを漏《も》らした。

何度も、それはムジカの胸を去来した感情だった。

生まれた時から、自分は周りと違っていた。

他者から祀《まつ》り上《あ》げられたり、迫害されたりするたびに、どうして自分だけ違って生まれてしまったのかと苦悩した。

けれど、この血を使って苦しんでいる誰かを救えるとわかってから、やっと目の前が拓《ひら》けた気がした。

退化の治療法は、良質な人間の肉の摂取しかない。だが〝約束〟以後、人肉は全て王政府が管轄《かんかつ》する農園からしか手に入らない。貧しい村では、どうすることもできない問題だった。

自分の血を使えば、それを解決することができた。

自分が人と違う理由は、このためなのだと思った。

ムジカは家族とともに、たくさんの飢えに苦しむ民を救っていった。これが自分の役目で、きっといつか未来には、誰もが退化に怯えず暮らすことができるはずだと、そんな希望を思い描いていた。

けれど、その結果が、今だ。

ムジカは自分の手を見つめる。

(私の選んだ道は、間違っていた……)

結局大切な仲間を死なせ、助けた住民達も惨《むご》い目に遭《あ》った。ムジカは寂しく呟く。

「……ここで死ぬのが、私の運命なのかもね」

生きている意味など、自分にはもうない。そうムジカがこぼした時だった。

何か、小さな声が聞こえた。唸《うな》るような鳴き声だ。

「………？」

ムジカは向かいの牢へ目を凝らす。狭い檻《おり》の中には何もいないように見えたが、影が動くのがわかった。それが光の届く格子《こうし》のそばまでやってくる。

「犬……？」

粗末な檻に、大きな犬が押し込められていた。

こんなところにどうして、とムジカは不思議がる。狩りに使うような大型の個体だが、ずいぶん痩《や》せて弱っているように見えた。あいにく、ここには分けてやれる食べ物がない。

「可哀想《かわいそう》に。お前も、閉じ込められているの?」

牢の奥にいたムジカは、犬を驚かさないようにそっと近づいた。

「出してやりたいけど、私にはできないわね」

ムジカは自分の牢獄の鉄格子を摑む。

「……私には、誰も助けてあげられない」

格子の間から手を伸ばすが、犬がいる檻まで届くわけもなかった。ムジカは静かにうつむいた。

「何もできない……」

犬はじっと動かず、ただ静かに、その声を聞いていた。

*　*　*

何もできない。

〝約束〟が結ばれた後の王城で、幼いソンジュもまた、何度もその言葉を胸の内で唱えていた。

信仰を無視した〝約束〟を結び直すことも、追放された〝先生〟を助けることも、父王そして継承権を持つ姉と対峙《たいじ》することも、自分には何一つ叶わない。

ソンジュは広い城の中で一人、無力感に苛まれて過ごしていた。

信仰を捨てないことだけが、そんなソンジュにできる、なけなしの抵抗だった。用意された農園の人肉を、ソンジュは頑なに拒《こば》み続けた。

兄達はそんな弟を笑った。

『堅苦しい教義など守って何になる』

『狩りをしなくても、俺達は最高級の人肉を得られる地位にあるというのに』

『まったく愚かな弟だ』

『そんなに狩ったものが食いたければ、これでも食っておけ』

そう言って腐った獣の肉を投げて寄こされた。ソンジュは嘲笑《あざわら》う兄達を睨《にら》み返す。

(どうしたら、変えられるんだ……)

血の繋《つな》がる王族はみな、容易《たやす》く信仰を捨てた。自分達だけが富《と》み栄《さか》えるための施政《しせい》しか考えず、民に手を差し伸べようとしない。

ソンジュが、何度兄王子達にそう訴えても、嘲笑《ちょうしょう》と処罰が返ってくるだけだった。

家族など、こんなものかと絶望した。

農園という制度を受け入れなかったことで、ソンジュは王政府に盾突く者という烙印《らくいん》を押された。表立って刑に処されなかったのはひとえに、自《みずか》ら死を選んでいるようなものだったからだ。

農園の人肉を口にしないまま、ソンジュは城の中で殺されるわけでも生かされるわけでもない、投獄状態となった。

それでも自分だけは、正しい道を捨てるべきではないと、ソンジュは考えを曲げることはしなかった。

『馬鹿な弟だな』

そう言って気まぐれに、兄であるレウウィスが現れては末弟へ面白半分に干し肉を与えた。〝約束〟以前に狩った人間の肉だ。ソンジュは兄のその行為が、自分を擁護《ようご》するものではないことはわかっていた。それでも今はその肉だけが、ソンジュが教義に反さず口にできる、ギリギリの人肉だった。

だがその人肉も、いつまでも人の形と知性を維持させ続けられる量ではなかった。

どんなに抗《あらが》おうとしても、退化は始まる。

ソンジュにとっては、姿が変わっていくことよりも、思考がままならなくなっていくことの方が、恐ろしかった。

(何も……わからなくなる……)

自分が何者であるのか。どんな存在であるのか。ソンジュは朦朧とする意識の中で薄く笑う。王の血を引くと誉《ほま》れ高《たか》く言われていても、結局自分達種族はこの身に取り入れるものが変わるだけで、自分自身が何かさえ曖昧《あいまい》になっていってしまう。

(ハッ……あの姉上でさえ、際限なく良質な食用児《にく》を欲するわけだ)

人の肉を得られなかったソンジュの体は、確実に退化していった。それでも必死に、精神だけは繋ぎ止め続けた。

ソンジュの自我を維持させていたのは、信仰と、それにまつわる大切な記憶だった。

初めての狩りの思い出が、ソンジュの胸には深く刻まれている。

当時はまだ、人間は農園で管理されておらず、自由に外の世界で生きていた。

その日ソンジュは、〝先生〟に連れられ、初めて人を狩った。

自ら仕留めた人間が、血を流して足掻《あが》く姿を、ソンジュはただ見つめ続けた。その手には、儀程《グプナ》に使う吸血花《ヴィダ》が握られている。

『まだ生きている』

ソンジュは呟く。皿の上の食事しか知らなかったソンジュにとって、人は冷たい肉でしかなかった。誰かが狩り、食べられるようにすでに調理されたもの。――だが違った。自分が口にしてきたものは、この世に生をうけ、心を持ち、最期《さいご》の瞬間まで懸命に生きようとする存在だった。

『それが命。命を狩るということでございます』

〝先生〟は幼い王子に、この世界を見せた。風が渡り、生き物の声が響く。

『全て命。生きとし生けるもの全て、神がつくりし尊《とうと》き命』

示されるまま、ソンジュは顔を上げる。その仮面に、頭上の葉から漏れ差す光が跳《は》ね返《かえ》る。空を透かした枝の上には、虫を捕るため、鳥が飛び交っていた。その鳥を狙って、小さな獣が身を伏せている。今ソンジュが仕留めた人間は、この獣を狩ろうとしていたのだ。

木々の間にも、川の流れの中にも、土の上にも、そこかしこに命のやりとりはあった。それは残酷で、けれどあらゆるものが等しく、それゆえに美しかった。

『我々は皆、命を狩り合い、命を繋いでいる』

王城で育ったソンジュはその時、自分を取り巻く世界が突然、まったく違うものに変わったように感じた。

それまでの城での暮らしは、ソンジュにとって退屈なものだった。豪華な持ち物も食事も、跪《ひざまず》かれる地位も、ソンジュの心を浮き立たせることはなかった。こんな世界が、自分がこれから生きていく場所なのかと暗澹《あんたん》とした気持ちで過ごしていた。

だが、狩りを通して、ソンジュは自分が生きる世界の美しさを知った。自分も対等な一つの命でしかないことが、心地良かった。

『そして狩りは〝借り〟』

全て命は神から借りたもの。ゆえに敬意を払い、傲《おご》らず分け合いなさい。そう、〝先生〟はソンジュへ教えた。

そして自分で神よりかりて、神に返す。

『…………』

ソンジュは、今まさに命を終えようとしている人間のそばに跪いた。その花を、地に伏す体に刺す。

白い花びらが赤く色づき、光に照らされながら、開花した。

敬愛していた〝先生〟の言葉は、幼いソンジュの根幹を作った。

その懐かしい日のことを思い出し、ソンジュは体が変異していく苦しみに耐えた。飢餓感に呑《の》まれそうになるたび、自分の体に爪を立て、痛みで正気を取り戻した。

「御恵み、浄《きよ》き糧……天と地、命に感謝し……」

掠れた声が、祈りを唱える。

自分達種族の繁栄を支えてきたのは、強大な力でも支配でもなく、この信仰があったからだ。だが〝約束〟は結ばれ、狩りは禁じられた。命は番号を振り、管理するものへ変わった。おそらくこの先、王政府も研究者達も、さらに傲り高ぶり、生命を蔑《ないがし》ろに扱い続けるだろう。自分達の都合のいいようにいじくり、生み出し、廃棄《はいき》する。

その未来の想像がつくのに、今の自分には、何をすることもできなかった。

あの狩りの時、〝先生〟はソンジュにこう言い添えた。

『王の子たる者、それは決して忘れてはなりませぬよ。たとえ王にならずとも、王を守り、支えるために』

ソンジュは薄れていく意識の中で目を細める。

（は……守り、支える、か……）

その王によって今、自分は死に追いやられようとしているというのに。今の王政府に守る価値も、支えたいと思えるような信頼もない。

だがこの教えを、必死に貫こうと足掻いたことをソンジュは覚えている。

それは民を統《す》べ、庇護《ひご》する立場に生まれた者の責務だ。王を守り支えるのは、ただその意見に追従することだけではない。

もし王座にある者が道を踏《ふ》み外《はず》す時は、正しい道へ導ける者であれと、そう〝先生〟は言った。

（俺は……教えを……守れたの、だろうか……）

ソンジュは退化した自分の手を見つめる。もうそれは、人型の時の名残《なごり》すらない。

今ここがどこで、最後に肉を口にしてから、どれだけ時間が経《た》ったのかもわからない。暗くて、寒い。飢餓よりも、無力感が押し寄せてくる。ソンジュは声を発しようとしたが、もうその口からまともな言葉は出てこなかった。

「……ウ、ウゥ………」

何もできない。けれど、せめて――。

この体と精神がどこまで保《も》つのかわからない。それでもソンジュには、この現実に屈し、王政に与《くみ》することだけはできなかった。命に代えても教えを貫くことが、王家《ここ》に生まれた自分にできる、最期の抗いだった。

＊　＊　＊

窓のない地下牢だったが、石の隙間《すきま》から微かに月明かりが差し込んでいた。

時間ごとに、看守が見回りに来るがそれ以外はしんと静まり返っている。どれだけ夜が更《ふ》けても、ムジカは眠ることはできなかった。ただ体は疲れ果て、じっと身じろぎせずにうずくまっていた。

(明日には……私も……)

死を待つ重苦しい時間の中、ムジカはその闇《やみ》の中で小さな音を聞いた。連続する音に、何かと思って顔を持ち上げる。

「あ……」

向かいの檻にいる犬が、床の石を掻く音だった。さっきまでずっと身を伏せていたが、何かを思い出したかのように、格子と床の間を掘ろうとしている。だが床は隙間なく石が敷かれているのだ。犬の爪で穴を掘れるわけもない。

ムジカはしばらくその姿を見ていたが、ぽつりと呟いた。

「何もできない……けど」

力の入らない体を動かし、鉄格子のそばまで向かう。

「せめてお前だけでも、逃がしてあげられたら」

ムジカは痩せた犬の姿を見つめる。それから、その犬の入れられた、みすぼらしい檻をあらためて観察した。

向かいの檻は、ムジカが入れられている場所のように堅牢な錠前《じょうまえ》がついているわけではない。鍵穴はなく、ただ小さな横木が差し込まれているだけだ。鳥や獣を入れておくための檻なのだろう。

ムジカは床に手を這わせ、小さな石を拾うと、その差し込まれた横木めがけて投げた。カツンと跳ね返る音が想像した以上に大きく響き、ムジカはびくっと肩を揺らした。しばらく息を詰めていたが、幸《さいわ》い看守がやってくることはなかった。再び、新しい小石を手に取る。

ほとんど当たらず、当たってもほんの少ししか木は動かない。

(私が、ここを連れ出されるまでに……なんとか……)

こんな方法で本当に間に合うのか、確証はない。それでもムジカは小石を探してはぶつけた。

見張りがやってくるとムジカは膝を抱えて牢の隅に戻った。そして持っていた石を床に打ちつけているふりをした。看守は最初こそ「静かにしろ」と命じたが、後はくだらない手慰《てなぐさ》みだと無視した。

音を立てていたのは誤魔化《ごまか》すためでもあったが、自分の方へ注意が向くように仕向ける意図《いと》もあった。見張りが犬の檻の錠に気づき木を差し込み直せば、振り出しに戻ってしまう。もう一度初めから横木をずらしていく時間はなかった。

ムジカは手の届く範囲にめぼしい小石が少なくなると、壁や床を爪で掻いた。敷き詰められた石の隙間から欠けた小石を取ろうとするが、破片は簡単には得られなかった。

「つッ」

ムジカは鋭い痛みに手を引いた。指を見ると、引っ掛かった爪が剝《は》がれ、血が溢れていた。自分の血が指を伝い、床にぽたぽたと落ちるのをムジカは見ていた。

「………」

この血は、もしかしたら本当に災《わざわ》いを広める、邪悪な血なのかもしれない。

もし自分にこんな血が流れていなかったら、家族や仲間が死ぬことも、こうして牢獄に囚《とら》われることもなかった。他の民のように生まれた村で平凡な暮らしを送っていただろう。

呪《のろ》われた血の持ち主である自分は、このままここで死ぬのが、運命なのだ。

ムジカは肩を落とし、自分の血が流れ出ていくのをただ見続けた。

「……ウォン」

沈みかけるその思考を、微かな犬の声が引き戻した。ムジカは顔を上げる。吠《ほ》えると言うには小さな声で、犬は向かいの少女へ鳴き声を発する。その瞳を見て、ムジカは笑みを浮かべた。

「そうね……」

傷はすぐに癒《い》えていき、そこにはすでに、新しい爪が出来上がっていた。自分達の種族にとってはこの再生速度も普通だが、他の生き物から見れば恐ろしいものとして映るのかもしれない。体質など、そんなものだ。ムジカは癒えた手を握《にぎ》り締《し》める。

「血が、何だと言うの……」

たとえこの身に流れる血が呪われたものだとしても、自分自身が何者であるかを決めるのは、血でも能力でもない。何を信じ、どんな生き方を選んでいくかだ。

ムジカは最後の小石を掴んだ。犬のいる檻へ向き直る。

(お願い、当たって)

もう投げられるものが残っていない。ムジカは格子の間から腕を伸ばし、向かいの檻に向かって投げた。石は扉を閉ざしていた木に当たる。

ぐらついていた横木が、とうとう小さな音を立てて床に落ちた。

「! 外れた!」

ムジカは小さな歓声を上げた。

「さぁ出て。もう逃げていいのよ」

だがムジカの声を聞いても、犬は檻の中でただ静かにムジカを見ているだけだった。ムジカは何度も扉の方を示したが、犬は動こうとしない。

「逃げて、いいのに……」

鍵が外れたことを理解していないとは、ムジカには思えなかった。わかって、犬はここに留《とど》まっているのだ。ムジカは牢の中で、崩れるように座った。

「一緒に、いてくれるの……？」

ムジカは小さな声で呟いた。

「ありがとう」

夜明けの光が、石の隙間から差し込んできていた。一人この牢に残されるのが、本当はとても恐ろしかったと、ムジカは胸に広がる安堵で思い知らされた。


積んだ石の隙間から漏れる光が、少しずつ傾き始める。夕刻が近づくのをムジカは地下牢の中からでも察することができた。

足音が響き、地下牢へ降りてくる階段を、大勢が踏み歩く足音が聞こえてきた。すぐにムジカの牢の前に、配下を引き連れた二人の貴族が顔を揃《そろ》える。

「ほう……これが、その小娘か」

落ちた影に、ムジカは身をすくませながら顔を上げる。

きらびやかな仮面から覗く目には、自分達と同じ種族を見る感情はなかった。

「この血の最初の持ち主というには、ずいぶんみすぼらしい」

「思ったより小さいな。俺達にまで分け前があるのか？」

「まったくだ。脳は一つきりだしなぁ」

ムジカは牢の中で後ずさったが、広くはないその中に逃げ場はなかった。開けられた扉の前には貴族達、そしてその後ろには武器を携《たずさ》えた配下が控えている。

貴族の一人はにたりと笑う。仮面から覗く目が、不躾《ぶしつけ》にムジカを眺める。

「仲間の味はイマイチだったが、お前はどうだろうな？」

「ははっ、確かに。あれなら高級農園の食用児の方がよっぽど美味《うま》い！」

浴びせられる言葉に、ムジカは思わず顔を伏せた。わかってはいたが、それでも仲間が食べられてしまったという事実は胸を抉《えぐ》った。

「まあ仕方ない。良薬口に何とやらと言うしな。これも王侯《おうこう》貴族の務めというやつだ」

哄笑《こうしょう》を聞きながら、ムジカは仲間を失った悲しみとともに、やりきれない気持ちになる。

（これが、民の暮らしを預かる身分にいる者の姿なんて……）

退化などしなくても、とっくに自分の欲望を満たすことだけしか考えられなくなっている。

「イヴェルク公から直々《じきじき》に仰《おお》せつかった儀程《グプナ》の任だ。我々でしっかりと務め上げねばな」

「さぁ、出ろ」

ムジカは強く腕を摑まれ、無理矢理立たされた。せめて最後まで毅然《きぜん》とあろうとしたが、恐怖で足が震えた。

「早く歩け！」

ムジカの肩を押し、貴族の一人はその体を突き飛ばす。

ガタン、と、その時背後で上がった音に、そこにいた者はみな一斉に振り返った。

「なんだ？」

格子扉が、開いてぶつかる音だった。そこに大きな犬がいることに、貴族の二人も家臣達も今気がついた。

普段閉ざされている檻の扉が開き、犬は自由になっていた。貴族の一人は眉をひそめる。

「なんだこの汚い犬は。誰だ、鍵を外したのは」

「おい早く始末しろ」

もう一人がそう指さし、家臣に命じた時だった。

犬はその、赤銅色《しやくどういろ》の毛を逆立て、牙《きば》を剝《む》いた。

目にも止まらない速さで地を蹴ると、配下へ指示を出した貴族の、その喉笛《のどぶえ》に食らいついた。

「‼」

ムジカも、貴族達も、その場にいた誰もが目を瞠る。

「グァッ⁉」

喉を咬《か》まれ、濁った音を立てて男は叫ぶ。その首から血しぶきが噴《ふ》き出《で》た。肉を食いちぎる激しさで、犬は牙を食い込ませ身をよじる。獰猛《どうもう》な獣が、血をまき散らしながら着地した。

咬まれた男は、石畳《いしだたみ》の床に叩《たた》きつけられた。だが即死はしない。彼らの致命傷は仮面に隠れた頭部――眼窩《がんか》の奥を損傷することだ。血が溢れ出る喉を押さえ、貴族は襲いかかった犬を見た。そして再び、言葉を失って瞠目《どうもく》する。

「な……」

その姿はもう、四足の獣ではなかった。

退化していた体が、みるみる巻き戻されていく。手足が伸び、毛並みは髪へと変わり、長身の人型へと変化する。

退化を解かれたその男は、倒れた男のローブを剝ぎ取ると、ばさりとそれを纏《まと》った。

「ま……さか」

貴族達はその面影《おもかげ》を知っていた。

「ソンジュ様」

自分達より、はるかに高い地位にあった少年を前にし、貴族二人は呆然とする。

(馬鹿な……)

この少年はとっくの昔に死んだはずだ。そう思ってから、誰もその死亡をこの目で見たわけではないことに思い至る。最後に目にした時はすでに退化が進み、兄王子達によって獣のように扱われていた。当然、あのまま死んだと貴族達は思っていた。

だが、獣に身を落としながらも、彼は城の中で生きながらえていたのだ。

貴族達はどちらも、過去の亡霊と出会ったかのように震え上がった。

「なるほど……こういうことか」

ソンジュは口を動かし、言葉を発する。体の違和感はすぐに薄れた。手を握ったり閉じたりし、床に座り込んでいるムジカを見下ろした。

「お前の、血の力」

ムジカもまた、息を呑んだままその姿を見上げていた。

「あなた……退化、していたの……?」

咬み殺されかけていた貴族は、喉が再生するとすぐに、悲鳴混じりに命じた。

「は、早く捕らえろ！　娘は殺すな!!」

だがそれよりも、ソンジュが配下の一人から槍を奪う方が先だった。

長く獣の姿だったとは思えないほど、ソンジュは素早く槍を振り抜き、武装した貴族の配下を倒す。狭い地下牢に、槍の刃先が空《くう》を切る風鳴《かざな》りの音が響いた。応戦する間もなく、瞬《また》く間に従えていた配下も駆けつけた看守も、次々地べたを舐《な》めた。

「ひ……っ」

貴族達は身を寄せ合った。その槍術《そうじゅつ》の練度も桁違《けたちが》いだが、そもそも王族と一般の兵とでは、格が違いすぎるのだ。その身に備わった強さは並みの兵士達では太刀打《たちう》ちできない。まして兵士ではない自分達に勝ち目などあるわけもなかった。貴族二人は、部下を残し、我先にと地上へ逃げ出した。

だが配下も看守も、彼ら二人が期待したほどの足止めにはならなかった。ソンジュは最後の一人を斬《き》り倒《たお》すと、ムジカの手を掴んで引き起こした。

「行くぞ」

短く言うと地下牢の階段を駆け上がった。ムジカはまだ呆然としながら、それでも必死に光に向かって地を蹴った。

地上階へ息も絶え絶えに戻った貴族達は、すぐに自分達で動かせる兵を呼ばわった。本来なら上へ連絡を入れるべきところだが、不手際《ふてぎわ》が露見するのは避けたかった。今この場にいる見張りの兵達で対処しようと考えたのだ。

だが見張りの衛兵が配備されている場所には、誰の姿もなかった。

「なぜ城内に兵がいないんだ⁉」

「衛兵は何をしている！」

そう叫んだ時ようやく、彼らは城の外が騒がしいことに気づく。足音や伝令の声が響いている。

「な、なんだ？」

城の庭へ出て、貴族達は驚いた。武装を整えて兵達が慌《あわ》ただしく駆けていく。門の外から は、怒号《どごう》と剣戟《けんげき》の音がここまで届いてきていた。

「これは……な、何ごとだ！」

兵の一人を呼び止め問い詰める。上擦《うわず》った声で、兵士は答えた。

「ギーラン の家臣達による襲撃です！」

「なッ」

貴族は愕然《がくぜん》とする。君主の処刑を阻止《そし》しようと、ギーラン卿の家臣達が、城に攻め入ってきているという。すでに城下で交戦が始まっており、城内も混乱を極《きわ》めていた。

「ええい、こんな時に！」

自分達の失態を挽回《ばんかい》するすべを奪われ、貴族達は歯噛《はが》みした。

「こんな状況で……もし、あの娘を逃がしたとわかれば……」

「しっ、しかし王子が生きていたなど予想外だろう！　しかも退化を解くなど」

「待て……それも、我々が責任を取らされるのでは……？」

イヴェルク公から任された職務とはいえ、真に恐ろしいのはイヴェルクではない。あの少女は、女王に献じるために残されていた特別な品だ。それを逃がした上、檻に入って死にかけていたはずの前王の血筋まで解き放ってしまったのだ。

ましてソンジュは今、自分達を襲ったことにより、不退の能力を得ている。

顔を見合わせた貴族達は、仮面の下で蒼白《そうはく》になった。

「こ、殺される……」

娘を取り返し、ソンジュを再び殺さなければ、自分達に待っているのは、間違いなく死罪だ。

「城内に残っている兵をかき集めろ！　必ずあの娘を取り返せ!!」

貴族達は半狂乱になって手当たり次第《しだい》に命令を叫んだ。

警戒しながら地下牢の入り口から外へ出たソンジュだったが、そこに見張りの姿はない。

廊下にも本来配備されている衛兵はいなかった。

「……どういうことだ？」

外から喧噪《けんそう》が聞こえてくる。あちこちで鳴る門の鐘《かね》は、侵攻を知らせるけたたましい音色だ。

事情はわからないが、ソンジュはこの状況に口の端をつり上げて笑った。

「好都合だな。この隙《すき》に城を脱出するぞ」

ソンジュは兵達にあてがわれた城内の屯所《とんしょ》を漁《あさ》り、逃走のための装備を手早く整える。

その背に、ムジカは戸惑《とまど》いながら尋《たず》ねた。

「どうして、私を助けてくれたの……？」

檻から逃げられるようにしたのは確かに自分だ。だが所詮《しょせん》、同じ牢獄に入れられていただけに過ぎない。貴族達の反応を見る限り、階級の高い王族だったことは窺《うかが》い知《し》れた。この青年に自分を助ける理由はない。

折れかけていた槍を捨て、ソンジュは壁に飾られていた槍を奪う。歴史ある品だが、今は知ったことではない。武器をあらためながら、ソンジュは呟いた。

「……お前と、同じ理由さ」

退化し、薄らいでいく自我の中で、ソンジュは少女の声を聞いていた。

『何もできない……』

それは無力感に膝をつきかけていた、かつての自分と重なった。このまま生きていても死んでいても、何一つ変えられないと退化していく身を抱えて絶望していた。

自分には、何もできない。

もう生きる意味も、死ぬ意味もない。

そう思っていた自我の深層に、ムジカの声が届き、ソンジュの中に残された微かな意識を呼び起こした。

何もできない。けれど、せめて――。

自分にも目の前の誰かを救えるのではないかと、そう思ったのだ。

槍を試すように振り、ソンジュは口の端をつり上げた。

「まさか、退化から戻れるとは思っていなかったけどな」

獣の姿のままでは、あの数の配下や看守と、どこまで戦えるかわからなかった。それでも救いたいという意志だけが先行し、気づいた時には、地を蹴って食らいついていた。だがそのおかげで、退化の呪いは解けた。

ソンジュは耐え忍んできた時間を思い出す。教義を貫くと、どれほど強い意志を持って決意していても、何度も諦《あきら》めそうになった瞬間があった。

だが、闘《たたか》い続けたから今がある。足掻き続けた意味はあったのだ。

「でも、退化から戻れたってことは……」

ムジカは手を握り合わせ、うつむいた。その時、外からまた喧噪が聞こえてきた。

「ぐずぐずできないな」

ソンジュは再びムジカの手を引くと、人目を避けるように廊下を駆けた。走りながら、ムジカは息を荒げて尋ねる。

「どこから逃げるの？」

ムジカは連れてこられた時に見た、王都の立地を覚えている。外へ出るには、堀にかけられた橋を渡るしかない。仮に城を抜けて市街までは逃れられたとしても、とっくに橋は警備されているはずだ。襲撃による戦闘が行われているなら、なおさらだった。

「橋からは逃げない」

そう言うとソンジュは、城の外ではなく、内側を目指した。ムジカには広大な迷宮のように見える城内を、迷わず駆けていく。

「堀のさらに地下には、道が通っている。そこから逃げる」

ソンジュの頭の中には、〝先生〟から教えられた地下道の地図が入っていた。

あそこなら、今、城にいる者はほとんど誰も知らない。少なくとも王兵は把握《はあく》していない、古い時代の道だ。

ソンジュの後ろを走りながら、ムジカはさっき言いかけた言葉を続ける。

「でも、ソンジュ……あなたが退化から戻れたということは」

ソンジュは肩越しにムジカを振り返る。ひっそりとした声が漏らされた。

「私と、同じ体質となったわ……」

ムジカは顔を伏せて呟く。また同じことが繰り返されるだけなのではないかと、ムジカの胸を不安がよぎる。

「あなたを、救ったことにはならないのかもしれない」

そう呟くムジカへ、ソンジュは自嘲《じちょう》混《ま》じりに返した。

「どっちにしろ俺は追われる身だ。それに」

ソンジュは大きく息を吸い、吐き出す。

「これでやっと、教義を守って生きていける。感謝する、ムジカ」

その言葉に、ムジカは静かに目を見開く。顔を上げ、ソンジュを見上げる。

「え……」

城の深部へと進むごとに、周りは石造りの荘厳《そうごん》な壁や柱から、だんだんと洞窟《どうくつ》のような空間へ変わっていく。

「誰も助けられないと言っていたけどな、決めつけるな」

ソンジュは前を向き、口にする。

「生きていれば、必ず何か、変えられる」

現に、こうして。

暗い坑道《こうどう》のような通路を抜けると、二人は唐突《とうとつ》に広い場所へ出た。

「今ここで、殺されてやることなんてない」

ソンジュは壁に備えられた松明《たいまつ》に火を灯《とも》した。

「あ……」

ムジカは、目の前に現れた、巨大な地下道の入り口に目を見開く。

この城に連れてこられた時に、もう逃げられないのだろうと全て諦めていたのに。

「この通路は、そのまま王都の外、森の中へと繋がっている。行くぞ」

ソンジュが走り出そうとした時、その暗闇の中から、蹄の音が聞こえた。ソンジュは動きを止める。ムジカもまた、はっとして息を詰めた。

(馬？　兵士か……？)

推測して、ソンジュは闇の中から漂い出る気配に、すぐに否定した。

(違う……)

身構え、槍を握り直す。足音が止まり、何者かが地面に降り立つ音が微かに響く。笑みを含んだ声が洞窟に響く。

「やはり生きていたか」

悠然とした歩調で、光の届く場所へ現れたのは、レウウィスだった。

「ソンジュ」

声を聞いた瞬間、その圧にソンジュはどっと汗が噴き出した。乾いた口をかろうじて動かす。

「兄上……」

ムジカを背に庇《かば》って、ソンジュは兄と対峙した。槍を構えるが、レウウィスと一対一で戦って勝てる見込みは絶望的だ。

隙をついて、どう逃げるかだ。ソンジュは冷や汗を浮かべながら、素早く思考を巡らせていた。ちらりと、背後に庇うムジカの姿を確かめる。

（最悪、相打《あいう》ちでも……）

「忘れ物を届けに来たぞ」

ソンジュのその思考を、レウウィスの声と、その手から放られた銀の輝きが遮った。ソンジュは反射的に飛んできたものを受け取る。それは、自分の仮面だった。

ソンジュが片手でそれを取った瞬間には、レウウィスの体はすでに、間合いの中に踏み込んでいた。

「ッ!!」

ソンジュはとっさに槍を引き寄せ、その柄でレウウィスの攻撃を受けた。確かに攻撃は防いだはずだった。だがソンジュの肩に激痛が走る。

「ぐ……ッ」

ソンジュは横目で自分の肩を見た。槍を握る手とは反対、レウウィスのその鋭利な爪が、深々とソンジュの肩に突き刺さっていた。

「ソンジュ!」

それを見てムジカが悲鳴を上げる。レウウィスは笑み混じりの声で告げる。

「悪くない反応だ」

レウウィスは深く貫いた爪を引き抜く。ソンジュの肩から、血が噴き出した。

「あの時、お前に与えた肉は無駄になったと思っていたが……わからないものだな」

そう楽しげに、レウウィスは口の端をつり上げる。

「………」

ソンジュは肩を押さえて膝をついた。傷は再生する。だが今ので力の差ははっきりと示された。爪は抉ろうと思えば肩ではなく、仮面の奥へも届いていた。あえて、そうしなかっただけだ。

ソンジュは立ち上がり、槍を構え直した。肩から腕へ血が流れ、真っ赤に染まっている。再生途中の負傷を無視し、ソンジュは再びレウウィスの懐《ふところ》へ飛び込んだ。武器のぶつかり合う鋭い音が鳴る。レウウィスは涼しい顔でその攻撃を防いでいた。

「……逃げろ」

ソンジュは正面を向いたまま、ムジカへ告げた。

「俺が足止めをしている間に、行け」

「……そんな」

ムジカは震えながら立ち尽くす。

（また……）

ムジカの脳裏に、ここへ連れてこられるまでのことが蘇《よみがえ》る。孤独だった時間、差し伸べた手、笑顔と感謝。そして、彼らの死――。

（また同じことを、繰り返すの……）

自分のこの血で、一度は助けた相手が、また目の前で殺されてしまう。自分の命を救おうとして。

鍔迫《つばぜ》り合《あ》いしていたソンジュの体を、レウウィスは跳ね飛ばす。

「くっ」

そしてレウウィスの槍は、そのままムジカの方へ素早く振り抜かれた。ソンジュが息を呑んだ時には、その刃《やいば》の先はぴたりとムジカの仮面の前で止まっていた。

「あ……」

レウウィスは少女へ問う。

「どうする？　私が弟と戦っている間に、逃げても構わないぞ」

よく研がれた刃先から、槍を握るその腕で、ムジカへゆっくりと視線を向けていく。

さっきまでは手足が震えていたが、今は落ち着き、心が静まる。

「いいえ」

ムジカはレウウィスを見つめ返した。レウウィスは仮面の下で笑う。

「ならどう戦う？」

ムジカはその問いかけに首を振る。

「戦わない。戦っても、私にはあなたを倒すことはできない」

敗北を肯定《こうてい》するようなその物言いに、レウウィスは不思議そうにムジカを眺める。そこに恐怖も悲嘆もないことが、レウウィスにとっては興味深かった。

ムジカは自分に槍を向ける相手へまっすぐに告げる。

「私に生きていていいと言ってくれた友《ひと》を捨てて、逃げる道は選ばない」

レウウィスは微かに目を瞠る。

その瞬間、地に伏していたソンジュは、指笛を鳴らした。甲高《かんだか》い音が地下道の中に響き渡る。

背後の馬が、突然身を跳ねさせた。そしてソンジュめがけて駆けていく。振り向いたレウウィスのわきを、蹄を鳴らしてすり抜ける。

「!!」

ソンジュは地面を蹴り、ムジカの体を抱えると馬に飛び乗った。そのまま手綱《たづな》を取り、急旋回して走り出す。

馬上から、ソンジュは振り返ったレウウィスの仮面めがけ、一太刀入れた。鋭い金属音が響き、その帽子が洞窟の中を舞い上がった。

馬は闇の中へ駆けていく。囁き声が、その姿を見送る。

「……ようやく気づいたか」

地面に落ちた帽子を、レウウィスは取り上げた。埃《ほこり》を払ってかぶり直す。その仮面には、ソンジュの槍がかすめた跡が残っていた。

レウウィスは薄く笑い、遠くなっていく蹄の音へ耳を澄ませる。

「お前はよくその馬と、狩りに行っていたからな」

レウウィスが乗ってきた馬は、かつてソンジュが城で暮らしていた頃、騎乗し世話していた馬だ。それをわかったうえで、仮面とともに用意した。レウウィスはソンジュ達が逃げていった闇の中を眺める。

「ふ……種を蒔《ま》くのも、悪くない」

レウウィスはぼそりと呟いた。

この世界は今、レウウィスにとってとるにたらなく、つまらないものに変わってしまっていた。血沸《わ》き肉躍《おど》る戦場は追憶の彼方《かなた》となり、久しぶりに目にした王政の腐敗には心底興醒《きょうざ》めした。

だからこれは、ほんの気まぐれの、思いつきに過ぎない。

もし、王の血を引く者と、退化を癒せるこの少女を野に放ったら、どうなるだろうか。

もちろん、あっさり捕らえられ殺されるかもしれない。生き延びても、自分の未来にいかなる影響も及ぼすことはないままかもしれない。

だがこの選択で世界は再び、今とは違う姿へ変わる可能性も秘めている。

(それに、全て王政上層部《やつら》の思い通りになるのも、面白くない)

ソンジュとムジカを逃がしたのは、そんな意趣返《いしゅがえ》しでもあった。

「さて、戻るとするか」

地上ではまだ、王兵が攻めてきたギーランの家臣勢力と交戦しているはずだ。

ギーランの家臣は忠義に厚い、腕の立つ者が揃っている。かつて一緒に人間と戦った者もいるが、レウウィスの中に湧くのは、久々に手応《てごた》えのある敵と一戦交《まじ》えられる静かな興奮だけだった。

黒い外套を翻《ひるがえ》し、レウウィスはその場を立ち去る。


玉座《ぎょくざ》の間《ま》、従者を傍《かたわ》らに並べて腰かけたレグラヴァリマに、イヴェルクが伝令からの内容を報告する。

「ギーランの家臣軍による反乱は鎮圧《ちんあつ》。ギーランは一族郎党《ろうとう》ともに、予定通り野良落ちの刑に処しております」

平坦《へいたん》な声音だったが、その声からさらに感情が消える。

「しかし生存していたと思われる弟殿下――いえ、ソンジュも、特異体質の少女もいまだ発見されておりません」

レグラヴァリマの顔は、半分は仮面に隠され、引き結ばれた唇が覗くのみだ。だが目元があらわとなっていなくても、その瞳に冷たいものが宿っていることは感じ取ることができた。

本来ならば、その少女は、すでに今夜の晩餐を飾り、彼女の腹に収まっていたはずだったのだ。

レグラヴァリマはその視線を下げる。玉座の間には、縄をかけられた二人の貴族が引き立てられていた。王族の分家筋に当たる貴族達だが、彼らが生まれた時から鼻にかけてきたその身分は、女王の前では何の役にも立たなかった。

震えながら、貴族達は床に額《ひたい》をすりつける。

「あ……へ、陛下……どうか、お許しを」

「か、必ず見つけ出して、参《まい》り――」

貴族は最後まで言葉を発することはできなかった。

レグラヴァリマの爪がその頭部を、仮面ごと一閃《いっせん》した。断面を晒《さら》した頭蓋《ずがい》を垂れ、絶命した貴族の体が床に崩れた。

「聞くに堪《た》えぬ。早く片付けさせよ」

冷たい声音で命じると、レグラヴァリマはそばに控えた従者に、爪に残った汚れを拭《ぬぐ》わせた。

その仮面の奥の眼光は、遠くを睨《にら》み据《す》えている。

「穢《けが》らわしい獣に身を落としてまで、永《なが》らえた命だと言うに……げに愚かな弟よ」

イヴェルクは玉座から立ち上がる殺気に、慄然《りつぜん》とする。レグラヴァリマは、先代の王をしのぐ矜持《きょうじ》と所有欲の持ち主だ。自分が食べるはずだった肉を、これまで歯牙《しが》にもかけずにいた末弟に横取りされたのだ。その怒りは、イヴェルクであっても、そばに立っているのが息苦しく感じるほどだった。

「妾《わらわ》のものを奪って、この先、その命あると思うでないぞ」

怨嗟《えんさ》の呟きを漏らしたレグラヴァリマは、イヴェルクへ命じる。

「ソンジュを反逆者として手配せよ。邪悪な血の者――〝邪血《じゃけつ》の少女〟を連れた、王政に仇《あだ》なす者と」

は、とイヴェルクは平服した。

＊　＊　＊

暗い地下道はすぐに、吸血樹の根が覆《おお》う洞窟へと変わった。ところどころに生えた発光する地下植物だけが、視界を仄《ほの》かに浮かび上がらせている。

ソンジュは片手で手綱を持ち、もう片手で受け取った仮面をつけた。

「お前が、レウウィスの注意を引いてくれて、助かった」

馬に揺られながら、ムジカはまだこれが現実とは思えなかった。

「まだ私……生きてるの？」

その呟きに、ソンジュは短く笑った。

「ああ、生きてるな」

それから呆《あき》れたように肩をすくめる。

「ここで殺されてやることないって言った矢先に、捨て身とはな」

ソンジュの中で、ムジカはもう、ただ檻から解き放ってくれた相手ではなくなっていた。

(もう二度と、味方なんて得られると思っていなかった)

〝先生〟を失った後、この王城で自分を見捨てずいてくれる者はいなかった。誰も圧倒的な力の前には、保身に走る。臆病《おくびょう》になる。当然だ。

本当は間違っている、その選択をしたくないと思っていても、自分の信じるものを貫くのが途方もなく困難な時がある。

あの狩りの時に授けられた、〝先生〟の教義が蘇る。

『傲らず分け合いなさい』

ソンジュは、ムジカの仲間達がしてきたことを知った。彼らは、その利を自分達だけで得ようとすれば、できたのだ。だがそうはしなかった。危険を冒《おか》しても、退化に苦しむ者に分《わ》け隔《へだ》てなく与えた。

正しいことと信じて、行ったのだ。

王政府がこの血を独占し、彼らの想《おも》いが全て無駄になりかけていたと思うと、あらためて憤《いきどお》りが湧く。だが獣の姿で檻に入れられていた自分には、それを理解することも防ぐこともできなかった。

処刑が迫る中、それでも犬一匹を救おうとしたムジカがいたから、自分は檻から出ることができた。ムジカの仲間達までは救えなかった。だが彼らは死してなお、その血で遺《のこ》された者を救ったことになる。

ソンジュは手綱を握る、形の戻った手を見つめる。

それが、彼らの血を継いだ自分にできることだ。

（無駄にはしない……）

（命は、繋がり合っている）

救われた自分はこの先もムジカを守る。王政府の追手に、簡単に捕まってやるつもりはない。このまま、どこまでも逃げ切ってみせる。

ムジカはしばらくソンジュを見ていたが、再び前を向いた。

「そうね……」

それから自分の胸を押さえる。その奥に脈打つ、自分の血の流れを。

「……生きていれば、いつか何か、変えられるのかも」

洞窟の先、微かに明かりが見えた。森の中に続く、出口から漏れる光だ。それはすでに王都を脱したことを示していた。

ソンジュは切る風に、懐かしい森の匂《にお》いが混ざるのを感じる。

「ああ……生きていれば」

これは、勝利でも何でもない。王政府は邪魔者を表舞台から消し、この先も民への支配を変えることはない。レグラヴァリマはその王座に君臨し続ける。

だが敗北でもない。

ソンジュは光の先へ駆け出た。この身を閉じ込めてきた檻はもうない。王族の立場も体質の束縛《そくばく》もない、自由な世界がそこには広がっていた。

邪血の少女と王家の異端児。大きなものに呑まれ、その命は容易く摘《つ》み取《と》られるはずだった。だが二つが重なり合った時、変革は起こった。

絶対に覆《くつがえ》せないはずだった二つの運命が、今確かに、変わり始めた。

白井《しらい》カイウ

原作担当《げんさくたんとう》。2016年《ねん》「少年《しょうねん》ジャンプ＋《プラス》」読切作《よみきりさく》『ポピィの願《ねが》い』にて作画《さくが》・出水《でみず》先生《せんせい》と初《はつ》のコンビ作品《さくひん》を発表《はっぴょう》。同年《どうねん》8月《がつ》から『約束《やくそく》のネバーランド』を「週刊少《しゅうかんしょう》年《ねん》ジャンプ」にて連載《れんさい》。

出水《でみず》ぽすか

作画担当《さくがたんとう》。「pixiv《ピクシブ》」にてイラストレーターとして人気《にんき》を博《はく》す一方《いっぽう》、児童漫画《じどうまんが》家《か》・装丁画家《そうていがか》など多方面《たほうめん》で活躍《かつやく》。2016年《ねん》8月《がつ》から『約束《やくそく》のネバーランド』を「週《しゅう》刊少年《かんしょうねん》ジャンプ」にて連載《れんさい》。

七緒《ななお》

ジャンプ小説新人賞《しょうせつしんじんしょう》jNGP'12 Spring《スプリング》特別賞《とくべつしょう》。『ぎんぎつね』『きょうは会社休《かいしゃやす》みます。』ノベライズを担当《たんとう》。

JUMP j BOOKS

■初出
約束のネバーランド〜戦友たちのレコード〜　書き下ろし

約束のネバーランド
〜戦友たちのレコード〜

2020年10月７日　第1刷発行

著　者
白井カイウ　出水ぽすか　七緒

編　集
株式会社 集英社インターナショナル
〒101-8050 東京都千代田区一ツ橋2-5-10
TEL 03-5211-2632(代)

装　丁
石野竜生（Freiheit）

編集協力
藤原直人（STICK-OUT）

編 集 人
千葉佳余

発 行 者
北畠輝幸

発 行 所
株式会社 集英社
〒101-8050 東京都千代田区一ツ橋2-5-10
TEL［編集部］03-3230-6297
［読者係］03-3230-6080
［販売部］03-3230-6393（書店専用）

印 刷 所
図書印刷株式会社

ホームページ　http://j-books.shueisha.co.jp/

Printed in Japan　　ISBN 978-4-08-703501-8 C0293